CADWYN O FLODAU

CADWYN O FLODAU

SONIA EDWARDS

Golygyddion y Gyfres:
Dr Christine Jones
a
Julie Brake

Argraffiad cyntaf—2000

ISBN 1 85902 863 2

Cyhoeddwyd dan gynllun comisiynu Cyngor
Llyfrau Cymru.

Dymuna'r cyhoeddwyr gydnabod cymorth
Adrannau Cyngor Llyfrau Cymru.

Argraffwyd yng Nghymru gan
Wasg Gomer, Llandysul, Ceredigion

. . . She laughs at me across the table, saying
I am beautiful. I look at the rumpled young roses
And suddenly realize, in them as in me,
How lovely is the self this day discloses.

'Roses on the breakfast table'
D. H. Lawrence

BYRFODDAU

eg	enw gwrywaidd
eb	enw benywaidd
egb	enw gwrywaidd neu enw benywaidd
gwr.	gwrywaidd
ben.	benywaidd
ll	lluosog
GC	gair sy'n cael ei ddefnyddio yng Ngogledd Cymru
DC	gair sy'n cael ei ddefnyddio yn Ne Cymru
1	edrychwch ar y nodiadau yng nghefn y llyfr

1

Bitsh dew. Dyna oedd o wedi'i galw hi. Ymddiheurodd
o wedyn wrth gwrs. Ar unwaith, bron. Ond roedd ei
eiriau wedi newid pethau. Dau air yn ormod. Newidion
nhw bopeth. Newidion nhw eu perthynas nhw. Ond
ddwedodd hi ddim byd wrtho fo, dim ond anwesu cefn
ei wallt wrth iddo fo chwarae â'i bronnau fel tasai dim
byd wedi digwydd.

*   *   *

Doedd hi erioed wedi bod yn denau ac yn ddel. Trwy ei
harddegau buodd hi'n swil iawn, bob amser yn cuddio
tu ôl i'w gwallt hir melyn. Roedd hi wedi bod yn anodd
iddi hi adael ei phlentyndod ar ôl. Roedd e'n rhywbeth
a ddaeth i ben yn llawer rhy gyflym. Yn rhan o'i
phlentyndod hi roedd ei mam, aroglau bara ffres a haul.

Roedd ei mam yn arfer brwsio'i gwallt hir iddi hi
bob nos wrth iddi hi eistedd fel dol ar ymyl y gwely.
Roedd pleser y brwsio'n ymlacio corff Lia i gyd. Bob
nos nes ei bod hi'n ddeg oed. Ar ôl hynny, roedd ei
mam yn rhy wan ac yn rhy sâl i frwsio gwallt neb. Pan
oedd Lia'n ddeg oed dechreuodd hi frwsio'i gwallt ei
hun. Doedd hynny ddim yr un peth. Ddim yr un peth o

ymddiheuro	to apologise	*arddegau (ll)*	teens
bron	almost	*swil*	shy
anwesu	to fondle	*plentyndod (eg)*	childhood
bronnau (ll)	breasts	*aroglau (eg)*	odour, smell
fel tasai[3]	as if	*ffres*	fresh
del (GC)	pretty	*corff (eg)*	body

gwbl. Roedd y wefr wedi mynd. Doedd y brwsio'n ddim ond hen dasg ddiflas, rhywbeth roedd rhaid iddi hi ei wneud. Ond roedd hi'n falch bod ei gwallt gynni hi hefyd. Roedd hi'n ei ysgwyd dros ei hwyneb er mwyn cuddio'r cyfrinachau yn ei llygaid bach swil. Roedd bod yn ddeg oed fel cyrraedd diwedd y byd. Pan oedd Lia'n ddeg oed, bu farw ei mam.

Doedd y blynyddoedd wedyn ddim wedi cyfrif dim, rhywsut. Roedd hi fel tasai hi wedi cadw deg mlynedd cyntaf ei bywyd ar wahân yn ei phen rhag i bethau eraill gyffwrdd ynddyn nhw. Roedd ei hapusrwydd i gyd yn rhan o'r blynyddoedd hynny. Chwarae ar y traeth a Siôn Corn a dwy gath fach mewn basged. Roedd hi'n cofio'r pethau gorau i gyd fel tasai stribed o luniau lliw yn fflachio drwy'i phen. Ymhob llun roedd ei mam yn gwenu wrth frwsio gwallt ei merch yn araf ac yn dyner – deg, ugain, deugain gwaith wrth ymyl y gwely.

*   *   *

Rowliodd Meic oddi arni hi, wedi'i fodloni. Teimlodd Lia'n ysgafn a rhydd unwaith eto heb wres ei gorff yn pwyso arni hi. Daeth cwsg yn hawdd iddo fo ar ôl caru a chyn hir clywodd hi ei chwyrnu ysgafn, rhythmig. Roedd ei fysedd yn oer a braf ar ei bronnau, yn rhoi llawer mwy o bleser iddi hi na dwylo hunanol ei gŵr.

---

gwefr (eb)	thrill	*stribed (egb)*	strip
gynni hi (GC)[1]	*gyda hi (DC)*,	*fflachio*	to flash
	she had	*yn dyner*	tenderly
ysgwyd	to shake	*bodloni*	to satisfy
cyfrinachau (ll)	secrets	*rhydd*	free
cyfrif	to count	*pwyso*	to press
ar wahân	separately	*chwyrnu*	to snore
cyffwrdd	to touch	*hunanol*	selfish

A rŵan, wrth iddi hi orwedd yno yn y tywyllwch dechreuodd hi ei gasáu. Dechreuodd hi ei gasáu'n llawer mwy nag oedd hi wedi'i chasáu 'i hun erioed. A pham lai? Doedd hi ddim yn berson drwg, nag oedd? Roedd hi'n gwneud ei gorau, yn mynd allan i ennill cyflog ac yn cadw tŷ fel gwraig ufudd. Ac yn sydyn, wrth feddwl am hynny, aeth ias drwyddi hi, ac roedd hi fel tasai chwyrnu Meic yn cyflymu ac yn chwyddo ac yn llenwi pob man.

Trodd hi ei chefn ar Meic a chodi'r cynfasau at ei gên. Oedd, roedd heddiw wedi bod yn ddiwrnod da. Roedd hi wedi bod yn helpu efo apêl y gweinidog newydd i anfon bwyd i'r Trydydd Byd. Roedd hi wedi cael cyfle i ymlacio wrth gyfrif bagiau blawd a phacedi reis yn festri'r Capel Bach. Roedd meddwl am y bobl newynog yn y Trydydd Byd yn gwneud i'w phroblemau hi edrych yn fach iawn.

Meddyliodd Lia am y prynhawn hwnnw, am y gwaith undonog yn troi'n bleser wrth i'r grŵp bach gydweithio'n hapus. Roedd pawb wrth eu bodd hefyd pan ddwedodd Andrew eu bod nhw'n haeddu paned o goffi go iawn am eu gwaith caled ac nid rhyw hen stwff powdwr o jar.

---

rŵan (GC)	nawr (DC), now	apêl (eb)	appeal
casáu	to hate	gweinidog (eg)	minister
cyflog (eg)	wage	blawd (eg)	flour
ufudd	obedient	newynog	starving
ias (eb)	shiver	undonog	monotonous
chwyddo	to swell	cydweithio	to work together
cynfasau (ll)	sheets	haeddu	to deserve
gên (eb)	chin	go iawn	real, genuine

Aethon nhw i gyd yn ôl i dŷ Andrew, felly, i yfed coffi. Theimlodd Lia ddim euogrwydd pan gynigiodd rywun siwgr iddi hi a phlataid o fisgedi. Derbyniodd hi'r ddau ac anghofio am ei deiet. Doedd neb yma'n poeni am faint roedd hi'n ei fwyta. Roedd pawb mor naturiol, ac ymlaciodd Lia. Taflodd Andrew winc i'w chyfeiriad a phasio'r bisgedi siocled iddi hi eto.

'Rwyt ti wedi gweithio'n galed heddiw, Lia. Rwyt ti'n haeddu cael dy ddifetha rŵan,' meddai fo wrthi hi. Roedd y peiriant coffi'n gwneud sŵn yn y gegin ac Andrew fel tasai'n mynnu i'w llygaid gyfarfod â'i lygaid o trwy'r amser.

Caeodd Lia'i llygaid rŵan er mwyn ceisio cofio geiriau Andrew i gyd. Roedd ei thraed yn oer. Meddyliodd hi am eu cynhesu ar goesau Meic, ond ailfeddwl wedyn. Na, doedd hi ddim eisiau ei ddeffro. Ceisiodd hi feddwl am bethau eraill, ei gwaith yn y bore, ei rhestr siopa ar gyfer y penwythnos. Ond roedd hi'n anodd canolbwyntio. Doedd dim byd yn fwy diddorol na meddwl am Andrew. Cyn hir syrthiodd hi i gysgu ac roedd ei breuddwydion yn llawn o aroglau coffi ffres.

---

euogrwydd (eg)	guilt	*deffro (GC)*	*dihuno (DC)*,
cynnig (cynigi-)	to offer		to wake up
difetha	to spoil	*canolbwyntio*	to concentrate
meddai²	said	*syrthio (GC)*	*cwympo (DC)*,
mynnu	to insist		to fall
cyfarfod	to meet	*breuddwydion (ll)*	dreams
cynhesu	to warm		

2

Doedd Andrew Pearce ddim wedi bod yn weinidog yn hir. Roedd o'n wahanol iawn i'r hen Barchedig, Eban Tomos, a oedd wedi bod yno am lawer o flynyddoedd o'i flaen. Act anodd i'w dilyn, meddyliodd o cyn cyfarfod ag aelodau'r capel am y tro cyntaf. Ond roedd llawer o'r aelodau'n ifancach nag roedd Andrew wedi ei ddisgwyl ac yn barod am wyneb newydd. Cafodd y gweinidog ifanc golygus groeso mawr.

Doedd rhai o'r hen bobl ddim yn siŵr, wrth gwrs. Doedden nhw ddim yn hoffi'r jîns Levi 501 efo'r goler gron. Ac roedd rhai o'r bobl ifancach – y rhai swil, hen-ffasiwn fel Lia – yn cael hi'n anodd derbyn Andrew ar unwaith hefyd. Ond er bod Lia'n swil a hen-ffasiwn, doedd hi ddim yn arbennig o grefyddol. Roedd hi'n mynd i'r Capel Bach yn ffyddlon ers blynyddoedd achos, er pan fu farw ei mam, roedd y lle hwn wedi rhoi sicrwydd iddi hi. Roedd ei thad wedi ei hanfon i'r Ysgol Sul bob wythnos fel y gwnaeth ei hanfon i'r ysgol bob dydd. Trefn, meddai fo. Dyna oedd ei eisiau Dim lol a ffŷs, dim ond cario ymlaen efo pethau. Roedd sicrwydd ym mywyd Lia a phatrwm, er ei fod yn batrwm diflas ac undonog. Ond roedd hyn yn well na gweld pobl yn mynd yn sâl ac yn marw. Yn well nag

---

aelodau (ll)	members	*crefyddol*	religious
disgwyl	to expect	*yn ffyddlon*	faithfully
golygus	handsome	*sicrwydd (eg)*	certainty
efo (GC)	*gyda (DC)*	*trefn (eb)*	order, routine
cron (ben.)	round	*lol (eb)*	nonsense
crwn (gwr.)			

ysbytai a galar a dillad du. Yn araf, ffitiodd Lia i'r patrwm. Roedd cysur yn y drefn.

Dysgodd hi guddio'i theimladau oddi wrth ei thad achos bod crio'n ddiwerth, meddai fo. Roedd crio'n arwydd o wendid, ac o help i neb. Dyn oeraidd oedd ei thad, yn well am drefnu amserlen nag am ddangos emosiwn. Wnaeth o ddim crio yn angladd ei mam, dim ond edrych yn syth o'i flaen a'i lygaid a'i wefusau'n hollol lonydd.

Daeth Eban Tomos i'r tŷ wedyn. Roedd ei modryb wedi paratoi bwyd – bara brith, brechdanau ham, te mewn cwpanau tenau. Roedd hynny wedi bod yn anodd i Lia hefyd – gweld bwrdd ei mam wedi'i osod ar gyfer pobl ddieithr. Pawb yn yfed o gwpanau gorau ei mam, a'i mam ddim yno. Daeth yr hen weinidog ati hi a gwasgu ei llaw. Roedd ei lygaid yn garedig, yn toddi wrth iddo fo siarad. Nid fel llygaid ei thad. Roedd Eban Tomos yn rhan o'r byd arall, cynnes roedd hi wedi ei rannu efo'i mam.

'Dewch aton ni i'r Capel Bach, Lia,' meddai fo wrthi hi. 'Basai eich mam yn falch iawn tasech chi'n dod. Peidiwch â chadw draw, Lia fach.'

A wnaeth hi ddim cadw draw. Cafodd hi gysur o feddwl ei bod hi'n gwneud rhywbeth a fasai wedi plesio ei mam. Roedd y bobl yma'n garedig ac roedden nhw'n deall ei thristwch. Ffrindiau ei mam oedden nhw.

---

galar (eg)	mourning, grief	*llonydd*	still
cysur (eg)	comfort	*pobl ddieithr (eb)*	strangers
diwerth	worthless	*gwasgu*	to squeeze
arwydd	sign	*toddi*	to melt
gwendid (eg)	weakness	*cynnes*	warm
amserlen (eb)	timetable	*cadw draw*	keep away
syth	straight	*plesio*	to please
gwefusau (ll)	lips		

Doedd Andrew Pearce ddim wedi bod yn un o ffrindiau ei mam. Doedd o erioed wedi clywed amdani hi. Doedd o ddim yn gwybod dim amdani hi, Lia, chwaith, a doedd Lia ddim yn siŵr a oedd hi eisiau iddo fo wybod. Dyna'r gwahaniaeth. Dyna'r broblem. Roedd Eban Tomos yn rhan o'i gorffennol hi, yn rhan o'i hanes hi a'i mam. Rŵan roedd popeth yn mynd i newid.

'Mae'n dda gen i dy gyfarfod di, Lia.' Roedd Andrew wedi ysgwyd ei llaw'n gynnes a'i galw'n 'ti' yn syth. Nid y 'chi' ffurfiol, oeraidd roedd gweinidogion yn ei ddefnyddio efo dieithriaid. Ond 'ti'. 'Hiya, Lia. Sut rwyt ti?' Doedd Lia ddim yn siŵr sut i ateb. Roedd hi'n teimlo'n chwithig ac edrychodd hi ar ei thraed yn lle edrych arno fo. Doedd hyn ddim yn iawn, meddyliodd hi. Roedd gweinidog i fod yn hen, i fod i wisgo dillad confensiynol a choler gron bob amser. Roedd Andrew dair blynedd yn ifancach na hi, ac yn ddieithr.

'Bydd hi'n od iawn heb Mr Tomos,' meddai Lia.

Eban Tomos oedd wedi'i bedyddio hi a chladdu ei mam. A'r briodas, wrth gwrs. Y briodas fach, dawel a Lia'n oer mewn gwyn. Ie, Eban Tomos oedd wedi ei phriodi hi a Meic hefyd. Roedd o wedi gwneud popeth. Doedd dim ots gynni hi os oedd y gweinidog ifanc trendi yma'n meddwl ei bod hi'n swta. Dyna sut roedd hi'n teimlo ar y pryd.

Roedd Andrew Pearce yn graff. Er ei fod yn ifanc a dibrofiad, roedd gynno fo'r ddawn i adnabod pobl.

chwaith	either	*swta*	abrupt
ffurfiol	formal	*craff*	perceptive
chwithig	awkward	*dibrofiad*	inexperienced
bedyddio	to baptise	*dawn (eb)*	gift, talent
claddu	to bury		

Roedd o'n teimlo'n ansicr hefyd. Dyma'i swydd gyntaf ar ôl gadael y coleg. Roedd arno fo eisiau llwyddo, bod yn boblogaidd, yn weinidog cydwybodol. Felly roedd o hefyd yn nerfus, yn swil o dan ei wên a'i eiriau hyderus. Roedd o'n gallu teimlo'r un swildod yn y ferch dawel yma wrth iddo fo ysgwyd ei llaw.

Roedd rhywbeth yn ei llygaid hi nad oedd Andrew'n gallu ei ddiffinio. Roedd ei hatebion swta fel tasai hi'n gwrthryfela yn ei erbyn, yn erbyn popeth, ond roedd ei llais yn dawel a swil. Meddyliodd Andrew'n sydyn ei bod hi fel anifail dof. Cath, efallai. Cath anwes. Roedd hi'n gwisgo ffrog laes gwddw-uchel a phrint blodau bach arni hi. Roedd ei gwallt hir, golau wedi'i dynnu'n ôl a'i ddal mewn sleid. Er nad oedd hi'n dew, doedd hi ddim yn denau chwaith. Sylwodd o ar y fodrwy briodas syml ar drydydd bys ei llaw chwith, ac ar ei hewinedd hir.

'Bydd rhaid i fi ddibynnu llawer ar dy help di yn ystod yr wythnosau nesa,' meddai fo.

Gwridodd Lia'n. Roedd esgyrn ei bochau hi'n ddel. Er i Andrew geisio'n galed, doedd o ddim yn gallu dal ei llygaid hi â'i lygaid o.

---

cydwybodol	conscientious	*modrwy (eb)*	ring
hyderus	confident	*ewinedd (ll)*	finger nails
gwrthryfela	to rebel	*dibynnu*	to depend
dof	tame	*gwrido*	to blush
anwes	pet	*esgyrn (ll)*	bones
llaes	long	*bochau (ll)*	cheeks

3

Edrychodd Lia ar ei llun yn y drych. Roedd hi wedi colli tri phwys. Doedd hi ddim mor dew â hynny chwaith, meddyliodd hi. Dim ond rhyw stôn roedd arni hi angen ei golli i gyd. Rhedodd hi ei dwylo dros ei bol cyn edrych ar ei wats. Basai Meic yn dod adref o'i waith cyn hir ac yn disgwyl ei swper. Ochneidiodd hi. Roedd hi'n gweithio hefyd, yn rhan amser, yn llyfrgell y dref. Ond doedd ei swydd hi ddim mor bwysig, nag oedd? Cyflog Meic oedd yn talu'r morgais, wedi'r cyfan, a'r biliau 'mawr' i gyd. Ac wrth gwrs roedd hi'n gorffen erbyn tri o'r gloch bob dydd. Digon o amser i ddod adref a gwneud y gwaith tŷ cyn paratoi rhywbeth blasus i swper. Doedd Meic erioed wedi ei chanmol am wneud hyn i gyd, ond doedd Lia ddim eisiau cwyno.

Roedd hi'n mwynhau mynd i'w gwaith bob dydd, gweld wynebau cyfarwydd. Ar y dechrau, roedd Meic wedi gwrthwynebu'r ffaith ei bod hi'n gweithio. Lle gwraig oedd gartref, dyna'i farn o. Ond ers iddyn nhw wybod nad oedd Lia'n gallu cael plant, newidiodd ei agwedd. Doedd dim llawer o ots gynno fo wedyn, dim ond bod hi'n dod adref o'i flaen i baratoi ei fwyd. Roedd bol Meic yn bwysig iddo fo. Cafodd o ei fagu ar syniadau hen-ffasiwn ei fam bod bwyd maethlon i fod

drych (eg)	mirror	*cyfarwydd*	familiar
pwys (eg)	pound (in weight)	*gwrthwynebu*	to oppose
angen (eg)	need	*barn (eb)*	opinion
bol (eg)	stomach	*agwedd (eb)*	attitude
ochneidio	to sigh	*maethlon*	nourishing
wedi'r cyfan	after all		

yn drwm ac yn seimllyd a bod gwragedd i fod yn y
gegin drwy'r amser yn coginio i'w gwŷr. Gwnaeth Lia
ei gorau glas i'w blesio. Fel arfer roedd hi'n llwyddo i
osgoi ffraeo, ond un dydd roedd hi'n ddwy awr yn
hwyr. Nid arni hi oedd y bai. Doedd y bws ddim wedi
dod y diwrnod hwnnw. Clywodd hi'n ddiweddarach
bod damwain wedi bod ar y ffordd. Pan gyrhaeddodd hi
adref o'r diwedd roedd Meic yno o'i blaen hi, yn
eistedd o flaen y bwrdd gwag.

'Rwyt ti'n hwyr.'

'Y bws. Wnaeth y bws ddim cyrraedd . . .'

'Dy le di ydi bod yma.'

'Sori.'

'Wyt ti'n gwybod sut ddiwrnod dw i wedi ei gael?
Wyt ti?'

'Prysur, wrth gwrs. Dw i'n gwybod dy fod di'n
gweithio'n galed . . .'

'Prysur! Roedd o'n fwy na dim ond prysur! Dw i
wedi cael diwrnod uffernol! Wyt ti'n deall? Uffernol!
Ac ar ben popeth des i adref i dŷ oer, gwag . . . dim tân,
dim bwyd . . . Pa fath o wraig wyt ti?'

'Sori.'

'Does dim rhaid i ti fynd i weithio i'r llyfrgell wirion
'na.'

'Meic, nid arna i oedd y bai. A dw i wedi dweud fy
mod i'n sori.'

Edrychodd o arni hi'n faleisus. Roedd hi wedi codi ei
llais a rŵan, wrth weld yr olwg yn ei lygaid, roedd hi'n

---

seimllyd	greasy	*uffernol*	hellish
ei gorau glas	her level best	*gwirion*	stupid, silly
osgoi	to avoid	*yn faleisus*	maliciously
ffraeo	to quarrel	*golwg (egb)*	look
yn ddiweddarach	later on		

difaru. Doedd o erioed wedi'i bwrw hi o'r blaen, ac er nad oedd o wedi ei brifo hi dechreuodd Lia grio mewn ofn.

'Paid, Meic . . . plîs . . .' Ond doedd hi ddim yn sylweddoli bod ei dagrau'n rhoi mwy o bŵer iddo fo. Roedd gwres ei fysedd yn cosi ei hwyneb ac roedd arni hi ofn ei wylltio'n fwy. Hefyd roedd arni hi ofn y tawelwch oer roedd o'n ei osod rhyngddyn nhw ar ôl iddyn nhw ffraeo.

'Tynna dy ddillad,' meddai fo wrthi hi.

Ufuddhaodd hi gan adael ei dillad lle syrthion nhw a gorwedd yn dawel ar ganol y gwely oer. Tynnodd o y llenni at ei gilydd yn flêr. Sylweddolodd Lia'n sydyn mai arni hi oedd y bai wedi'r cyfan. Arni hi oedd y bai am fod yn wan, am ddangos ei theimladau. Cofiodd hi ei thad yn dweud pa mor ddiwerth oedd dagrau. Roedd gan ei thad bŵer drosti hi hefyd, rhyw gryfder a oedd yn gwneud iddi hi ufuddhau yn ddigwestiwn i bopeth. A rŵan Meic. Roedd Meic yr un fath erbyn hyn, yn bwlio ac yn codi'i lais ac roedd arni hi ofn ateb yn ôl.

Doedd o ddim fel hyn yn y blynyddoedd cynnar. Oedd, roedd o'n pwdu weithiau, yn 'hogyn-ei-fam' ac yn hoffi cael ei ffordd ei hun. Dylai hi, Lia, fod wedi gweld yr arwyddion ar y pryd. Ond roedd priodi'n bwysicach, yn ffordd o ddianc oddi wrth ei thad oer.

difaru	to regret	*llenni (ll)*	curtains
brifo	to hurt	*yn flêr*	untidily
dagrau (ll)	tears	*cryfder (eg)*	strength
pŵer	power	*digwestiwn*	without question
cosi	to itch	*pwdu*	to sulk
gwylltio	to enrage	*hogyn-ei-fam*	mother's boy
gosod	to place	*dianc*	to escape
tynna	take off *(tynnu)*		

Meic oedd ei chariad cyntaf. Ei hunig gariad. Roedd o'n fachgen tawel, gweddol olygus ac yn gweithio'i ffordd i fyny yn y banc. Daeth o ag anrhegion a blodau iddi hi a'i thrin gyda chwrteisi. Meddyliodd Lia mai dyna sut roedd pethau i fod rhwng cariadon. Roedd hi'n credu mai rhywbeth mewn llyfrau oedd 'syrthio mewn cariad dros eich pen a'ch clustiau' a theimlo fel tasech chi'n cerdded ar gymylau. Wrth edrych yn ôl sylweddolodd Lia na fuodd hi erioed 'mewn cariad' efo Meic. Doedd hi erioed wedi gwybod dim byd gwell, dyna i gyd.

Clywodd hi sŵn drws y ffrynt yn agor. Roedd o wedi cyrraedd. Gwnaeth hi ei ffordd yn frysiog i lawr y grisiau er mwyn cyrraedd y gegin o'i flaen. Ond doedd dim ofn Meic arni hi rŵan. Nid fel o'r blaen. Dysgodd hi sefyll ar ei thraed ei hun, yn enwedig ar ôl iddi hi sylweddoli ei fod o'n gweld merched eraill. Dechreuodd hi ei herio'n fwy a chafodd hi fwy o lonydd o ganlyniad. Roedd yn well gynno fo 'i hanwybyddu hi'r dyddiau hyn.

'Sut ddiwrnod gest ti?'

'Iawn.' Ond edrychodd o ddim arni hi, hyd yn oed pan ofynnodd o:

'Beth sydd i swper?' Dyna'i gwestiwn cyntaf bob nos.

'Cig oer, tatws newydd a salad.'

'Blydi bwyd cwningen.' Roedd o'n siarad dan ei ddannedd a chogiodd hi na chlywodd hi. Rhoiodd hi blât o'i flaen.

cariad (eg)	love	*o ganlyniad*	as a result
trin	to treat	*anwybyddu*	to ignore
cymylau (ll)	clouds	*cwningen (eb)*	rabbit
yn frysiog	hurriedly	*cogio*	to pretend
herio	to challenge		

'Dw i wedi colli tri phwys,' meddai hi. Rhywbeth i'w ddweud oedd o. Doedd hi ddim yn disgwyl iddo fo ei longyfarch a chafodd hi mo'i siomi.

'Dim ond hynny?' meddai Meic yn sarcastig. 'Gwastraff amser felly, yntê? Yr holl blydi letys 'ma!'

Roedd gynno fo salad crîm ar ei ên. Syllodd hi arno fo o gornel ei llygad yn rhoi lwmp mawr o fenyn ar ei datws ac estynnodd hi am y *Gold Extra Lite*. Doedd hi ddim eisiau gadael iddo fo frifo'i theimladau hi. Hi rŵan oedd yn mynd i reoli ei bywyd ei hun. Neb arall. Mwynhaodd hi ei bwyd yn fwy wrth feddwl hynny. Ddwedodd Meic ddim gair arall, dim ond cnoi'r bwyd yn beiriannol a chwilio'r letys fel tasai arno fo ofn cael hyd i falwoden rhwng y dail.

---

disgwyl	to expect	*cnoi*	to chew
chafodd hi mo'i	she wasn't	*yn beiriannol*	mechanically
siomi	disappointed	*malwoden (eb)*	snail
rheoli	to rule		

4

Roedd hi'n fis Mai yn barod a'r merched yn y gwaith yn dechrau sôn am wyliau haf, colli pwysau a lliw haul.

'Wyt ti wedi trio hwn, Lia?' gofynnodd Mared ar ôl bod allan yn siopa un awr ginio. 'Ffêc tan. Llawer gwell i chi na choginio o dan haul go iawn y dyddiau 'ma!'

Lliw haul mewn potel. Doedd Lia ddim yn siŵr. Doedd hi ddim yn cofio cael lliw haul neis erioed, dim ond darnau o gochni hyll efo llinellau gwyn drwyddyn nhw. A fasai hi ddim wedi dangos ei choesau i neb hyd yn oed tasai hi'n cael cynnig ffortiwn am wneud. Coesau eliffant roedd Meic wedi eu galw nhw. Roedd o wedi chwerthin am ei phen pan wisgodd hi bâr o siorts i weithio yn yr ardd gefn un haf poeth. Gwylltiodd hi a thaflu'r siorts yn syth i'r bin. Gwylltiodd hi efo Meic am fod mor greulon a gwylltiodd efo hi ei hun am fod mor hyll a di-siâp. Dyna stori ei bywyd hi. Tan rŵan. Rŵan roedd hi'n stôn a hanner yn ysgafnach ac achos hynny yn ysgafnach ei meddwl hefyd am y tro cyntaf ers misoedd.

Roedd hi'n ddiolchgar iawn i Mared am ei pherswadio i fynd i *Weight Watchers* efo hi.

'Rwyt ti wedi colli cymaint o bwysau, Lia. Mae'n drueni na faset ti'n dangos mwy ar dy ffigwr newydd,' meddai Mared. 'Dylet ti daflu'r hen ffrogiau llaes yna a'r holl siwmperi llac rwyt ti'n eu gwisgo drwy'r

---

lliw haul (eg)	sun tan	*hyll*	ugly
cochni (eg)	redness	*llac*	baggy, slack

amser! Sgert mini fach a ffêc tan ar dy goesau. Dyna sydd ei angen arnat ti rŵan!'

Roedd Mared yn dweud y gwir. Er bod Lia wedi colli pwysau, roedd hi'n dal i guddio y tu ôl i ddillad mawr, hen-ffasiwn. Efallai mai dyna pam nad oedd Meic wedi sylwi ar ei siâp newydd. Ond doedd hi ddim yn disgwyl iddo fo ddweud dim, beth bynnag. Doedd o ddim yn edrych arni hi'n aml iawn. Roedd o'n dal i rowlio arni hi yn y gwely weithiau ond doedd hynny ddim yn digwydd llawer y dyddiau hyn. Pan oedd o'n digwydd, roedd popeth yn cael ei wneud yn gyflym ac yn y tywyllwch. Hyd yn oed os oedd Meic yn teimlo bod llai ohoni hi i afael ynddo fo, wnaeth o ddim dweud. Ond erbyn hyn, doedd dim ots gan Lia am Meic. Roedd cefnogaeth y merched eraill yn y clwb slimio wedi rhoi hyder iddi hi. Enillodd hi wobr am gyrraedd ei tharged cyn pryd. O'r diwedd, sylweddolodd Lia ei bod hi'n bosib iddi hi ei hoffi ei hun.

Wrth gwrs, roedd y sylw roedd hi'n ei gael gan Andrew Pearce wedi helpu ei hyder hi hefyd. Roedd Andrew wedi meddwl amdani hi fel her ers y tro cyntaf iddo fo ysgwyd ei llaw hi pan oedd hi mor swta a digroeso. Penderfynodd o y diwrnod hwnnw ei fod yn mynd i ennill ei chyfeillgarwch. Ac er gwaethaf popeth, dechreuodd Lia fwynhau'r sylw. Roedd Andrew yn edrych arni hi, yn diolch iddi hi am ei gwaith gwirfoddol ac yn ei chanmol. Roedd hi hefyd erbyn

beth bynnag	anyway	*her (eb)*	challenge
llai	less	*cyfeillgarwch (eg)*	friendship
gafael	to hold, grasp	*er gwaethaf*	in spite of
cefnogaeth (eb)	support	*gwirfoddol*	voluntary
hyder (eg)	confidence	*canmol*	to praise
gwobr (eb)	prize		

hynny yn ceisio gwneud ymdrech i'w blesio er mwyn iddo fo ddweud mwy o bethau clên wrthi hi. Dechreuodd hi edrych ymlaen at ymateb Andrew wrth iddi hi helpu efo'r pasiant Nadolig, gwasanaeth y Pasg a Bore Coffi Chwiorydd y Capel i godi arian i'r Ysgol Sul. 'Diolch am y posteri 'ma, Lia. Maen nhw'n grêt. Rwyt ti'n dipyn o artist!' 'Lia, darllenaist ti'n dda iawn heddiw.' 'Rwyt ti wedi casglu llawer iawn o arian!' 'Wel, dyna deisen siocled arbennig! Paid â dweud mai ti wnaeth hon!'

Rhyw bethau bach fel yna roedd o'n ddweud. Pethau clên i godi ei chalon, i wneud iddi hi deimlo ei bod hi'n werth rhywbeth fel person wedi'r cyfan. Ac yna, yn raddol, dechreuodd Andrew sylwi ar bethau eraill, mwy personol:

'Mae persawr neis gen ti, Lia. Rwyt ti'n arogli fel blodyn!' neu, 'Oes gen ti finlliw newydd neu rywbeth? Mae dy wefusau di'n edrych yn wahanol . . .'

Roedd eu dwylo'n cyffwrdd yn 'ddamweiniol' weithiau wrth iddyn nhw glirio bocsys neu olchi llestri neu dacluso llyfrau ar ôl plant yr Ysgol Sul. Weithiau hefyd roedd hi'n dal ei lygaid o'n crwydro at ei gwefusau hi, ac i lawr ei gwddw, ac roedd hi'n teimlo'i bochau'n mynd yn boeth.

'Rwyt ti wedi mynd yn denau iawn, Lia,' meddai fo wrthi hi un diwrnod. 'Gobeithio nad wyt ti'n gweithio'n rhy galed!'

ymdrech (eb)	effort	*arogli*	to smell
clên (GC)	kind	*minlliw (eg)*	lipstick
pasiant (eg)	pageant	*cyffwrdd*	to touch
teisen (eb)	cake	*yn ddamweiniol*	accidentally
yn raddol	gradually	*tacluso*	to tidy
persawr (eg)	perfume	*crwydro*	to wander

Gwenodd Lia'n ddireidus arno fo. Roedd sylw Andrew yn cyrraedd ei thu mewn ac yn ei chynhesu i gyd . . .

'Lia! Lia? Wyt ti'n gwrando arna i . . .?'

Torrodd llais Mared ar draws ei breuddwydion.

'Sori – roedd fy meddwl i'n bell i ffwrdd . . .'

'Ymhle, tybed?' meddai Mared yn ddireidus. 'Paid â dweud – dw i'n gwybod!'

'Be?'

'Roeddet ti'n meddwl am yr holl ddillad newydd rwyt ti'n mynd i'w prynu efo dy gyflog nesa, siŵr iawn!'

Gwridodd Lia. Beth tasai Mared yn gwybod y gwir? Ei bod hi'n breuddwydio am ei gweinidog ifanc golygus! Estynnodd hi i gymryd y llyfrau o ddwylo Mared ac aeth hi ati i'w catalogio ar y cyfrifiadur o'i blaen. Gweithiodd hi'n dawel tan ddiwedd y prynhawn, yn falch bod Mared wedi cael ei chadw'n brysur wrth y cownter am dipyn. Cafodd Lia amser i freuddwydio'n braf, ac erbyn tri o'r gloch roedd hi wedi dod i benderfyniad. Doedd o ddim yn benderfyniad mor rhyfedd â hynny, ond doedd Lia ddim yn gwybod y basai'r hyn roedd hi'n bwriadu ei wneud yn mynd i newid ei bywyd am byth.

Casglodd hi ei phethau am dri o'r gloch. Roedd hi'n edrych ymlaen at y penwythnos. Roedd Meic wedi mynd ar gwrs efo'i waith a fasai o ddim yn ôl tan yn hwyr nos Lun.

---

yn ddireidus	mischievously	*cyfrifiadur (eg)*	computer
torri ar draws	to interrupt	*penderfyniad (eg)*	decision
tybed	I wonder	*bwriadu*	to intend
estyn	to reach, stretch		

'Hwyl i ti, Lia. Mwynha dy benwythnos!'

'A ti Mared. Hwyl fawr. O, gyda llaw, cyn i mi fynd . . .'

'Ie?'

'Beth ddwedaist ti oedd enw'r ffêc tan brynaist ti amser cinio?'

---

gyda llaw   by the way

5

Doedd Lia ddim yn gallu credu ei llygaid pan ddeffrodd hi y bore wedyn. Roedd hi wedi rhwbio'r hylif gwyn yn ofalus dros ei chorff i gyd cyn mynd i gysgu. Yn ôl y label ar y botel basai fo'n cymryd rhai oriau i'r lliw gael effaith. Diolchodd hi nad oedd Meic yno i'w gweld, i chwerthin am ei phen neu i wneud sylwadau pathetig. Mwynhaodd hi'r rhyddid o gael gwely dwbl iddi hi ei hun. Yfory basai hi'n mynd i mewn i ganol y ddinas i'r siopau gorau a phrynu dillad newydd. Cysgodd hi'n gyflym, yn llawn cynlluniau ac yn edrych ymlaen at weld effaith yr hylif gwyn.

Doedd hi ddim yn siomedig. Roedd y ffêc tan wedi gweithio'n berffaith. Roedd hi'n edrych yn fwy tenau efo'i chroen lliw mêl tywyll. Basai unrhyw un nad oedd yn ei hadnabod hi'n meddwl ei bod hi newydd ddod adref o wyliau yn Sbaen.

Ar ôl edmygu ei hun yn y drych am rai munudau aeth hi i'r gegin i baratoi brecwast ysgafn o iogwrt a ffrwythau. Basai'n rhaid iddi hi gofio mynd â'i cherdyn credyd efo hi heddiw. Roedd hi'n haeddu sbri fach. Roedd hi'n haeddu ei difetha'i hun.

Cyrhaeddodd hi'r ganolfan siopa am naw o'r gloch. Cymerodd ei hamser mewn siop esgidiau ffasiynol a

---

hylif (eg)	liquid, fluid	*yn berffaith*	perfectly
effaith (eb)	effect	*mêl (eg)*	honey
sylwadau (ll)	comments	*edmygu*	to admire
rhyddid (eg)	freedom	*sbri (eb)*	spree
cynlluniau (ll)	plans	*canolfan siopa (eb)*	shopping centre

dewis dau bâr o sandalau â sodlau uchel. Roedden nhw mor wahanol i'r esgidiau fflat, call roedd hi'n gwisgo i'r llyfrgell bob dydd. Pâr o jîns tyn. Dyna'r peth nesaf ar y rhestr. Dewisodd hi'r rheiny'n ofalus hefyd, ac roedd y denim tywyll yn dangos siâp newydd ei chorff yn berffaith. Jîns tyn a sodlau uchel! Teimlodd Lia awydd chwerthin. Nac oedd, doedd dim troi'n ôl i fod rŵan.

Aeth hi am gwpanaid o goffi du i ddod dros y sioc o brynu dillad mor wahanol, mor fentrus. Ac eto, doedden nhw ddim mor fentrus â hynny. Hi oedd wedi bod yn ddiflas ac yn hen-ffasiwn yn rhy hir. Roedd hi'n hen bryd iddi hi wisgo fel merched eraill pump ar hugain oed yn lle gwisgo fel gwraig ganol oed ffrympi. Oedd, roedd hi'n hen bryd iddi hi ddechrau byw.

Cafodd hi sylw arbennig gan y ferch yn y siop ddillad isaf. Roedd hi fel ogof Aladin i Lia efo'r sidan a'r les hyfryd. Doedd hi erioed wedi breuddwydio am wisgo pethau fel hyn. Roedden nhw'n arbennig o hardd ac yn arbennig o ddrud. Teimlodd Lia'n benysgafn pan welodd hi'r bil am dros wyth deg o bunnoedd. Dim ond darnau bach o les oedden nhw! Ond talodd â'i cherdyn credyd a gwrthod teimlo'n euog. Ei phres hi oedd wedi talu am bopeth, wedi'r cyfan. Roedd hi wedi gweithio'n galed am ei phres a rŵan roedd hi'n cael cyfle i'w wario ar rywbeth arbennig. Heddiw roedd hi'n prynu anrhegion iddi hi ei hun.

---

sodlau (ll)	heels	*sidan (eg)*	silk
call	sensible	*les (eb)*	lace
tyn	tight	*penysgafn*	light-headed
mentrus	daring	*gwrthod*	to refuse
hen bryd	high time	*euog*	guilty
sylw (eg)	attention	*pres (GC)*	*arian (DC)*
ogof (eb)	cave		

Doedd Meic erioed wedi prynu llawer o anrhegion iddi hi dros y blynyddoedd. Roedd o wedi prynu sosbenni iddi hi unwaith. Doedd Lia ddim wedi gallu cuddio'i siom a chawson nhw ffrae. Dwedodd Meic ei bod hi'n anniolchgar ac yn hunanol. Aeth Lia'n fwy i'w chragen a chuddio'i theimladau oddi wrtho fo. Wnaeth o ddim prynu anrheg iddi hi wedyn, dim ond rhoi arian iddi hi bob Nadolig i ddewis rhywbeth iddi hi ei hun. Fasai fo byth wedi breuddwydio prynu coban secsi neu ddillad isaf les iddi hi. Ond doedd dim ots rŵan. Edrychodd Lia ar y bagiau drud yn ei dwylo. Doedd hi ddim eisiau difetha'i hwyl drwy feddwl am Meic.

Cyrhaeddodd hi adref wedi blino'n lân ond yn hapusach nag roedd hi wedi bod ers amser hir. Stopiodd hi ar y ffordd adref i brynu potel o win hefyd i ddathlu. Cafodd hi oriau o bleser yn trio'r dillad newydd i gyd, ac yn edmygu'r dillad isaf lliw hufen yn erbyn ei chroen brown.

Doedd hi ddim wedi bwyta llawer trwy'r dydd a dechreuodd y gwin fynd i'w phen. Roedd hi'n teimlo'n benysgafn a hapus ac roedd y gwin yn rhoi hyder newydd iddi hi. Cododd hi'r ffôn. Pan glywodd hi ei lais aeth ias bleserus i lawr asgwrn ei chefn.

'Lia? Ti sydd yna?'

'Andrew! Sut rwyt ti?'

'Iawn, ond . . .'

Gwenodd Lia'n fewnol wrth glywed y syndod yn ei lais.

sosbenni (ll)	saucepans	*dathlu*	to celebrate
anniolchgar	ungrateful	*asgwrn (eg)*	bone
cragen (eb)	shell	*yn fewnol*	inwardly
coban (eb)	nightdress	*syndod (eg)*	amazement
blino'n lân	exhausted		

'Mae'n ddrwg gen i dy boeni di yr amser yma o'r nos . . .'

'Dydi deg o'r gloch ddim yn hwyr. Beth alla i wneud i ti?' Roedd o wedi cael rheolaeth ar ei lais o'r diwedd.

'Wel, meddwl oeddwn i . . .'

'Ie?'

'Rwyt ti'n gwybod y pamffledi yna roeddwn i wedi addo helpu i'w dosbarthu yn y pentre?'

'Y rhai i godi arian at adran newydd yr ysbyty?'

'Ie. Roeddwn i'n meddwl y baset ti'n hoffi dod draw â nhw fory. Ar ôl capel. Basen ni'n cael cyfle i drafod . . .'

'Fyddi di ddim yn y gwasanaeth bore fory 'te?'

'Na fydda, sori.'

'Fyddi di byth yn colli fel arfer.'

'Dw i'n gwybod. Ond bydda i'n brysur bore fory.'

'O?' Roedd Andrew'n swnio'n siomedig.

Aeth Lia ymlaen ar ôl llyncu rhagor o win.

'Mae gen i lawer o bethau i'w gwneud,' meddai hi wedyn, 'gan gynnwys paratoi cinio i ti!'

'Beth?'

'Ddoi di draw yma? Tua un o'r gloch? Basai'n braf trafod dros bryd o fwyd.'

'Cinio dydd Sul?'

'Pam lai? Neu efallai bod gen ti gynlluniau eraill . . .?'

'Nac oes. Nac oes, bydd un o'r gloch yn iawn – rwyt ti wedi rhoi syrpreis i mi, dyna i gyd. Ym . . . diolch i ti.'

---

rheolaeth (eb)	control	*swnio*	to sound
addo	to promise	*llyncu*	to swallow
dosbarthu	to distribute	*gan gynnwys*	including
trafod	to discuss		

'Wela i di fory,' meddai Lia'n fuddugoliaethus. Roedd y cyfan wedi bod mor hawdd.

Gorffennodd hi ei gwin. Roedd gynni hi un peth pwysig i'w wneud eto. Basai angen dau fag plastig mawr du arni hi. Aeth hi i'r cwpwrdd dan y sinc i'w nôl nhw a dechrau ar y gwaith. Y wardrob yn gyntaf. Llithrodd hi'r ffrogiau mawr di-siâp oddi ar eu hangars a'u rhoi yn y bagiau. Gwagiodd hi'r drorau wedyn o'r holl siwmperi llac a'r hen grysau-T llaes, y nicyrs mawr, gwyn *Marks & Spencer* a'r bras diflas, call. Aeth y cyfan i'r bagiau bin.

Roedd hi'n noson braf, serennog. Aeth Lia â'r bagiau i lawr i waelod yr ardd. Crynodd hi'n sydyn er nad oedd hi'n oer. Roedd hi'n teimlo fel lleidr wrth chwilio yn ei phoced am y bocs matsys. Crynodd hi eto. Roedd ei gorffennol diflas i gyd yn y bagiau yma. Gwyliodd hi'r fflamau'n toddi'r plastig du. Rŵan doedd Lia, y ferch dew, swil, ddim yn bod. Arhosodd hi yno nes bod y cyfan wedi troi'n llwch du. Doedd ei gorffennol hi ddim yn bod rŵan chwaith.

---

yn fuddugoliaethus	victoriously	*serennog*	starry
nôl	to fetch	*crynu*	to shiver
llithro	to slide	*lleidr (eg)*	thief
gwagio	to empty	*llwch (eg)*	dust

Roedd wyneb Andrew'n bictiwr pan agorodd Lia'r drws iddo fo. Roedd hi'n gwisgo ffrog fach olau efo strapiau tenau i ddangos ei hysgwyddau brown. Cyn iddo fo gyrraedd roedd hi wedi penderfynu'n sydyn y basai hi'n codi ei gwallt i fyny ar dop ei phen. Roedd hi'n edrych yn drawiadol efo'r clustdlysau arian hir.

Doedd Andrew ddim yn gallu tynnu ei lygaid oddi arni hi, ond roedd Lia'n siomedig nad oedd o wedi dweud dim am ei lliw haul na'i dillad hi. Roedd o'n dal bocs yn un llaw yn cynnwys y pamffledi i'w dosbarthu ar gyfer codi arian i'r ysbyty. Yn y llaw arall roedd gynno fo botel o win coch.

'Dw i wedi dod â'r pamffledi,' meddai fo. 'A . . . ym . . . potel o win. Doeddwn i ddim yn siŵr . . .'

'Grêt,' meddai Lia, tipyn yn rhy frwdfrydig.

Edrychodd Andrew ar y bwrdd bwyd. Dim ond lle i ddau oedd yno.

'Fydd Meic ddim yn bwyta efo ni?' Er ei fod yn amau beth fasai ei hateb.

'Mae Meic ar gwrs tan nos fory,' atebodd Lia'n ysgafn.

'O . . .'

'Dim ond "o"? Dyna'r cyfan rwyt ti'n mynd i'w ddweud?' Roedd tinc direidus yn ei llais rŵan.

---

pictiwr (eg)	picture	*brwdfrydig*	enthusiastic
ysgwyddau (ll)	shoulders	*amau*	to suspect
trawiadol	striking	*tinc (egb)*	tinkle
clustdlysau (ll)	earrings		

'Rwyt ti'n edrych yn ffantastig,' meddai Andrew'n sydyn. 'Ac rwyt ti'n gwybod hynny!'

Gwridodd Lia. Yna meddyliodd hi'n sydyn a oedd rhywbeth arall heblaw edmygedd yn ei lais? Oedd o'n gweld bai arni hi yn gofyn iddo fo ddod yma heddiw tra oedd ei gŵr i ffwrdd ar gwrs? Yn sydyn, roedd cywilydd arni hi. Yr hen Lia swil oedd hi unwaith eto. Roedd hi fel tasai hi'n deffro o freuddwyd braf. Beth oedd yn bod arni hi, yn ceisio hudo dyn arall efo'i ffigwr a'i dillad? A hwnnw'n weinidog. Ei gweinidog hi, o bawb! Roedd hi'n teimlo fel slwten. Roedd hi eisiau dianc, troi'r cloc yn ôl, golchi'r mascara a'r minlliw i ffwrdd a chuddio mewn siwmper fawr. Ond doedd gynni hi ddim dillad mawr, diogel ar ôl. Roedd ei dwylo'n crynu ond roedd gweddill ei chorff yn llonydd fel delw. Roedd hi'n falch ei bod hi wedi troi'i chefn tuag at Andrew. Doedd o ddim yn gallu gweld y dagrau yn ei llygaid. Hen ffŵl gwirion oedd hi, a rŵan roedd hi wedi colli rheolaeth ar y cyfan. Roedd Andrew'n siŵr o'i dirmygu. Doedd hi ddim yn gwybod beth i'w wneud nesaf . . .

'Lia?' Sibrydodd o ei henw. Roedd ei law yn ysgafn ar ei hysgwydd, yn ei thynnu'n dyner tuag ato fo. Ac yna roedd hi'n gorffwys ei phen ar ei fynwes tra oedd ei wefusau'n cyffwrdd ei gwallt.

'Andrew,' meddai hi. 'Andrew! Ddylen ni ddim . . .'

Ond tawelodd o ei geiriau â'i gusan . . .

---

heblaw	except for	*dirmygu*	to despise
edmygedd (eg)	admiration	*sibrwd (sibryd-)*	to whisper
cywilydd (eg)	shame	*gorffwys*	to rest
hudo	to charm	*mynwes (eb)*	chest, breast
delw (eb)	statue		

Daeth Meic adref mewn hwyliau da. Roedd y cwrs wedi bod yn ddiddorol am unwaith, y gwesty'n foethus a'r bwyd a'r cwmni'n arbennig. Doedd o ddim wedi edrych ymlaen at ddod adref a gadael y ferch ddeniadol a oedd wedi rhannu ei wely am dair noson.

Pan gyrhaeddodd o adref roedd pryd o fwyd yn ei aros. Roedd aroglau swper yn ei groesawu wrth iddo fo gerdded trwy'r drws. Dechreuodd Meic deimlo'n well. Ei fol oedd yn dod gyntaf bob amser.

Roedd Lia'n sefyll efo'i chefn ato fo, yn brysur yn tynnu platiau o'r popty. Roedd hi'n siarad heb edrych arno fo:

'Sut hwyl gest ti? Fydd bwyd ddim yn hir . . . Oedd y traffig yn drwm ar y ffordd? . . . rwyt ti'n ôl yn gynnar . . .'

Roedd hi'n nerfus ac yn dechrau parablu o ganlyniad. Ond doedd Meic ddim yn gallu canolbwyntio ar ei sgwrs. Roedd hi'n gwisgo jîns. Jîns denim tyn. Ac roedd hi'n edrych yn dda. Yn arbennig o dda. Trodd Lia i'w wynebu a sylwodd Meic ar y colur a'r clustdlysau. Roedd hi fel tasai fo'n edrych ar wraig rhywun arall. Syllodd Lia'n ôl arno fo. Doedd hi ddim am roi i mewn iddo fo'r tro hwn. Doedd hi ddim am adael iddo fo'i bychanu hi eto.

'Mae'n well i ti eistedd,' meddai hi, 'a chau dy geg rhag ofn i ti lyncu pry!'

---

moethus	luxurious	*colur (eg)*	make-up
popty (eg)	oven	*bychanu*	to belittle
parablu	to ramble	*pryf (eg)*	insect

Cafodd Meic hyd i'w lais o'r diwedd.

'Ble gest ti'r jîns 'na?' meddai fo. 'Roeddwn i'n meddwl bod gen ti ormod o din i wisgo pethau fel 'na!'

Nid: 'Rwyt ti'n edrych yn dda' neu hyd yn oed 'Rwyt ti wedi colli pwysau'. Dim ond ei hatgoffa'n swta pa mor dew oedd hi'n arfer bod. Doedd Lia ddim yn disgwyl dim byd gwell gynno fo.

Ac eto, pan oedd o'n edrych arni hi, roedd rhywbeth tebyg i edmygedd yn ei lygaid. Tasai Lia wedi gallu darllen ei feddyliau, basai hi wedi cael sioc. Roedd Meic wedi synnu a rhyfeddu. Roedd hi fel tasai Lia wedi newid dros nos. Roedd ei lwc o'n newid. Roedd Lia wedi sylweddoli o'r diwedd pa mor ddiflas a phlaen roedd hi wedi bod. Roedd yn amlwg bod rhywbeth wedi'i sbarduno i wneud ymdrech. Ofn ei golli fo oedd hi, siŵr o fod, meddyliodd Meic. Wel, nid cyn pryd. Roedd hi wedi dod at ei synhwyrau o'r diwedd – wedi edrych yn y drych!

Doedd y colli pwysau yma ddim wedi bod yn beth drwg wedi'r cyfan. Ac roedd o wedi helpu, wrth gwrs, yn ei ffordd ei hun trwy beidio â chanmol gormod. Dyna oedd y gyfrinach. Dal i ddweud ei bod hi'n rhy dew er mwyn iddi hi wylltio a cholli mwy o bwysau. A gweithiodd ei syniad. Rŵan roedd gynno fo wraig newydd sbon! Roedd o'n edrych ymlaen at noson gynnar yn y gwely bron cymaint ag roedd o'n edrych ymlaen at ei bwdin. Penderfynodd o ddweud rhywbeth

---

cael hyd i	to find	*rhyfeddu*	to be amazed
tin (f)	backside, bottom	*sbarduno*	to spur
atgoffa	to remind	*synhwyrau (ll)*	senses
synnu	to be surprised	*newydd sbon*	brand new

clên, rhag ofn i Lia bwdu. Doedd o ddim am iddi hi gael esgus i droi'i chefn arno fo heno.

'Mm. Mae'r pwdin 'ma'n edrych yn neis. Gwahanol.'

'Crymbl ffrwythau. Dyna i gyd.' Roedd hi wedi rhoi miwsli a siwgwr brown dros y crymbl. Y miwsli oedd brecwast Lia'r dyddiau hyn. Cymysgedd maethlon o rawn a ffrwythau oedd o. Roedd cnau ynddo fo hefyd, rhai ohonynt yn fawr fel marblis crwn. Roedd Lia wedi darllen rhywle bod miwsli'n rhoi dimensiwn arall i grymbl ffrwythau. Penderfynodd hi ei drio. Wedi'r cyfan, roedd hi eisiau cadw Meic mewn hwyliau da rhag ofn iddo fo wylltio gormod ar ôl iddi hi gyffesu . . .

'Beth ydi hwn ar y top? Stwff brecwast?'

'Ie. Miwsli. Rysáit newydd.'

'Mae o'n edrych fel bwyd ceffyl!' Jôc oedd hynny ond gwelodd Meic nad oedd Lia'n barod i chwerthin. Ceisiodd o gywiro'i gamgymeriad. Roedd hi'n sensitif iawn weithiau. Merched wir!

'Na – mae o'n edrych yn . . . neis. A wedi'r cyfan, dydi bwyd fel hyn ddim wedi gwneud dim drwg i ti, nac ydi?'

Dyma'r peth agosaf at ganmoliaeth roedd hi wedi ei gael gynno fo erioed, meddyliodd Lia'n chwerw. Roedd Meic yn bwyta ei bwdin yn awchus. Roedd hi'n casáu sŵn ei ddannedd yn crensian a sŵn ei wddw'n llyncu'n farus. Roedd hi'n casáu'r golwg fuddugoliaethus ar ei

---

pwdu	to sulk	*cywiro*	to correct
esgus (eg)	excuse	*canmoliaeth (eb)*	praise
cymysgedd (egb)	mixture	*yn chwerw*	bitterly
grawn (ll)	grain	*yn awchus*	eagerly
cneuen (eb) cnau (ll)	nut(s)	*crensian*	to crunch
cyffesu	to confess	*yn farus*	greedily
rysáit (eb)	recipe		

wyneb wrth iddo fo edrych ar ei chorff. Rŵan, meddyliodd Lia. Basai hi'n dweud wrtho fo rŵan. Tra oedd o'n stwffio'i wyneb efo bwyd ac yn dyheu amdani hi yr un pryd.

'Meic, mae gen i rywbeth i'w ddweud wrthot ti.'

Roedd o'n dal i lowcio ei bwdin.

'Dw i'n dy adael di!'

Doedd o ddim yn ymddangos fel tasai o wedi ei chlywed. Llwyaid arall o bwdin. Ac un arall. Mwy o hufen. Llwyaid fwy . . .

'Dw i'n dy adael di oherwydd fy mod i'n gweld Andrew Pearce, gweinidog Capel Bach!'

Dyna fo. Roedd hi wedi ei ddweud o. Rŵan doedd hi ddim yn gwybod beth i'w ddisgwyl. Fasai fo'n codi ac yn taflu'i bwdin i'r llawr mewn tymer? Fasai fo'n chwerthin am ei phen, neu'n ei bwrw ar draws ei hwyneb, hyd yn oed? Daliodd Lia ei hanadl a disgwyl iddo fo ffrwydro.

Yn sydyn, gwnaeth Meic rhyw sŵn rhyfedd, cyflym, rhywbeth rhwng chwyrnu a chwythu. Syrthiodd y llwy o'i law. Gafaelodd o yn ei wddw'n sydyn ac roedd ei dafod allan. Edrychodd o ar Lia'n wyllt a dechrau bwrw'r bwrdd ond roedd ei lygaid yn rowlio yn ei ben. Doedd o'n dweud dim, dim ond pwyntio at ei blât a gwneud y sŵn rhyfedd yna fel sŵn dyn yn boddi – neu . . .

Aeth Lia'n oer. Roedd o'n tagu ar rywbeth. Roedd rhywbeth yn sownd yn ei wddw. Ond beth? Roedd

---

dyheu	to desire	*chwythu*	to blow
llowcio	to gulp	*tafod (eg)*	tongue
llwyaid (eb)	spoonful	*boddi*	to drown
anadl (egb)	breath	*tagu*	to choke
ffrwydro	to explode		

Meic ar ei benliniau rŵan ac roedd ei wyneb yn dechrau troi'n goch. Sylweddolodd Lia'n sydyn beth oedd wedi digwydd. Cneuen. Cneuen fawr, o'r miwsli. Roedd o wedi llyncu cneuen yn gyfan wrth lowcio mor farus a rŵan roedd o'n tagu. Cerddodd hi tuag ato fo, gan geisio cofio beth i'w wneud. Ie, dyna fo, sefyll tu ôl iddo fo, bwrw'i gefn, rhoi'i dwylo dan ei asennau. Ond yn sydyn rhewodd Lia. Dyma'i chyfle hi. Mewn eiliadau byddai popeth drosodd. Rowliodd Meic ei lygaid arni hi eto, yn disgwyl iddi hi wneud rhywbeth.

Pan oeddech chi'n marw, roedd eich bywyd chi i gyd yn fflachio o flaen eich llygaid chi. Dyna oedd pobl yn ei ddweud. Roedd bywyd Lia'n fflachio o flaen ei llygaid hi rŵan hefyd. Ond nid hi oedd yn marw. Meic oedd yn marw ac roedd hi, Lia, yn gadael i hynny ddigwydd! Wrth iddi hi sefyll yno a'r ofn yn ei pharlysu cofiodd hi'r geiriau creulon, y cam-drin emosiynol, y celwyddau. Cofiodd hi bopeth roedd Meic wedi'i wneud. Cofiodd hi hefyd bopeth nad oedd o wedi ei wneud.

O'r diwedd roedd Meic yn llonydd. Roedd ei lygaid ar agor, ond doedd o ddim yn anadlu. Cerddodd Lia draw iddo fo'n dawel fel tasai arni hi ofn ei fod o'n mynd i ddeffro'n sydyn a gafael ynddi hi.

Roedd ei llais yn gryg wrth ateb y llais ar ben arall y ffôn yn gofyn iddi hi pa wasanaeth brys roedd arni hi ei angen.

---

penliniau (ll)	knees	creulon	cruel
yn gyfan	whole	camdrin (eg)	abuse
asennau (ll)	ribs	cryg	hoarse
drosodd	over	gwasanaeth	emergency
parlysu	to paralyse	brys (eg)	service

38

'Ambiwlans,' sibrydodd Lia. Er ei bod hi'n gwybod ei bod hi'n rhy hwyr i ambiwlans. Er ei bod hi'n gwybod mai arni hi oedd y bai. Hi roiodd y bwyd iddo fo. Hi safodd yno wedyn a'i wylio fo'n marw. Arni hi oedd y bai. Arni hi . . .

Cododd hi'r ffôn am yr ail waith. Roedd hi'n teimlo fel tasai hi'n actio mewn ffilm. Doedd hyn ddim yn real. Doedd wyneb Meic ddim yn real. Roedd o fel cartŵn ofnadwy yn edrych i fyny ar ddim byd.

'Helô? Andrew Pearce yn siarad.'

Roedd ei lais mor normal, yn perthyn i fywyd-bob-dydd lle roedd pethau cyffredin, diogel yn digwydd. Dechreuodd Lia grio i mewn i'r ffôn.

'Lia? Ti sy 'na? Lia! Be sy wedi digwydd . . .?'

Trodd y dagrau tawel yn hysteria.

'Andrew! Andrew, beth ydw i'n mynd i'w wneud? Dw i wedi ei ladd o!'

---

safodd   stood *(sefyll)*

8

Ar ôl treulio noson efo Lia, roedd Andrew Pearce yn siŵr o un peth. Roedd o mewn cariad.

Yn ystod y dydd Sul hwnnw daeth o a Lia i ddeall ei gilydd. Ar ôl un diwrnod roedd Andrew'n teimlo ei fod yn ei hadnabod ers blynyddoedd. Roedd o wedi'i gwylio hi'n blodeuo dros y misoedd diwethaf, yn datblygu o fod yn ferch blaen, dawel i fod yn wraig ifanc hyderus a deniadol. Ond roedd tipyn bach o swildod wedi aros o hyd yn ei chymeriad. Dyna oedd ei hapêl, meddyliodd Andrew.

Agorodd Lia ei chalon iddo fo yn ystod eu hamser efo'i gilydd. Dwedodd hi'r cyfan wrtho fo am ei phriodas anhapus, wag. Doedd hynny ddim yn syndod i Andrew. Roedd o wedi sylwi eisoes ar yr olwg bell yn ei llygaid a bod rhyw gyfrinach drist yn ei haflonyddu hi.

Roedd o wedi ceisio anwybyddu ei deimladau tuag ati hi. Roedd hi'n briod ac yn aelod o'i eglwys. Meddyliodd o am y sgandal tasai'n dechrau perthynas â hi. Dwedodd o wrtho'i hun ei fod o'n ffŵl. Rhyw ffantasi-hogyn-ysgol oedd y cyfan. Ceisiodd o wthio'r meddyliau am Lia i gefn ei feddwl. Ond roedden nhw'n dod yn ôl o hyd i'w aflonyddu. Roedd o wedi dechrau chwilio am ei hwyneb yn ei gynulleidfa bob Sul. Basai

treulio	to spend (time)	*pell*	distant
blodeuo	to blossom	*aflonyddu*	to disturb
datblygu	to develop	*perthynas (eb)*	relationship
calon (eb)	heart	*gwthio*	to push

fo'n disgwyl ymlaen at ei gweld hi yng ngwahanol weithgareddau'r capel. Roedd o'n falch iawn o'i gweld yn gwirfoddoli i helpu cymaint efo gwaith y capel. Dechreuodd ei hannog a'i chanmol ac yn raddol ymlaciodd Lia, a'i dderbyn fel ffrind.

Pan ffoniodd Lia echdoe i ofyn iddo fo ddod i ginio, stopiodd ei galon am eiliad. Roedd o'n weinidog cyfrifol, neu dyna sut roedd o'n hoffi meddwl amdano'i hun. Roedd o wedi ennill parch pobl yr ardal. Roedd o'n boblogaidd, yn hapus yn ei waith. Beth am ei enw da? Dim ond un camgymeriad byrbwyll oedd eisiau i ddinistrio popeth. Roedd o'n gwybod bod rhywbeth mwy ar fin digwydd rhyngddo fo a Lia, tasen nhw'n caniatáu hynny. Roedd o'n gwybod y peryglon, ac eto . . .

Clywodd ei lais ei hun yn cytuno i fynd i gael pryd o fwyd efo hi. Dwedodd o wrtho'i hun y basai'n rhaid bod yn gryf. Roedd o'n benderfynol na fasai'n gadael i ddim byd ddigwydd. Pryd o fwyd a sgwrs gyfeillgar. Dim byd arall. Ac wrth gwrs, gwrthsefyll temtasiwn oedd ei waith fel gweinidog. Basai popeth yn iawn. Neu dyna a feddyliodd. Ac yna, pan welodd o Lia, teimlodd o ei benderfyniad yn gwanhau . . .

Pan ffoniodd hi nos Lun doedd Andrew ddim yn gallu credu'r hyn a glywodd. Roedd o'n gwybod pa mor anhapus oedd Lia efo Meic. Ond hyn! Doedd y peth ddim yn bosib. Lia o bawb yn lladd ei gŵr?

---

gweithgareddau (ll)	activities	*ar fin*	about to
annog	to encourage	*caniatáu*	to allow
cyfrifol	responsible	*peryglon (ll)*	dangers
parch (eg)	respect	*penderfynol*	determined
byrbwyll	impulsive	*cyfeillgar*	friendly
dinistrio	to destroy	*gwrthsefyll*	to resist

Chafodd o ddim llawer o synnwyr gynni hi dros y ffôn, dim ond crio hysteraidd a Lia'n dweud drosodd a throsodd ei bod hi wedi lladd Meic.

Doedd Andrew ddim yn cofio sut y cyrhaeddodd o dŷ Lia. Doedd hi ddim yn daith hir, dim ond tua deg munud yn y car. Cododd y panig i'w wddw'n sydyn. Lia, Lia, meddyliodd o'n wyllt. Beth yn y byd mawr rwyt ti wedi ei wneud?

Roedd ambiwlans yn sefyll tu allan y tŷ, ar fin mynd. Tu ôl i'r ambiwlans roedd car heddlu. Roedden nhw'n llonydd a gwyn fel ysbrydion yn yr hanner-tywyllwch. Parciodd Andrew ei gar tu ôl i gar yr heddlu. Syllodd o i gyfeiriad y drws ffrynt agored heb wybod beth i'w ddisgwyl. Meddyliodd o am gyllell a gwaed a rhewodd ei du mewn. Cyn iddo fo gyrraedd y drws daeth plismon allan. Edrychodd o ar Andrew ac yna ymlaciodd ei wyneb wrth iddo fo sylwi ar y goler gron.

Cliriodd Andrew ei wddw.

'Andrew Pearce,' meddai fo. 'Roeddwn i'n pasio . . . gweld ambiwlans . . .' Disgynnodd y celwydd yn hawdd o'i dafod er mawr syndod iddo fo.

'Chi ydi gweinidog y teulu, felly?'

'Ie – wel, ffrind hefyd . . . Beth sy wedi digwydd?'

'Gŵr y tŷ,' meddai'r plismon 'Dyn ifanc hefyd – trasig iawn . . .'

'Beth . . .? Sut . . .?'

'Mae'n debyg mai damwain fasech chi'n ei alw fo.'

'Ond beth ddigwyddodd?'

---

synnwyr *(eg)*	sense	*tu mewn (eg)*	inside
ysbrydion *(ll)*	spirits	*disgyn*	to slip, fall
gwaed *(eg)*	blood	*trasig*	tragic

Roedd y gair 'damwain' wedi dechrau lleddfu ofnau Andrew. Damwain. Nid llofruddiaeth . . .

'Tagu ar ddarn o fwyd, Mr Pearce. Mor syml â hynny. Trasig o syml. Ond dyna fo. Mae'r pethau yma'n digwydd, yn anffodus. Gall person farw mewn eiliadau os nad yw'n bosib tynnu'r rhwystr o'r beipen wynt yn ddigon cyflym. A Mrs Vaughan, wel, dechreuodd hi banico . . . doedd hi ddim yn gwybod beth i'w wneud, wrth gwrs . . .'

Llyncodd Andrew ei boer. Roedd o'n teimlo'n sydyn fel tasai rhywbeth yn sownd yn ei wddw o hefyd.

'Oes rhywbeth alla i i'w wneud i helpu?'

'Dewch i'r tŷ, Mr Pearce. Efallai basai'n help i Mrs Vaughan eich gweld chi.'

Roedd Lia'n eistedd ar y soffa a'i dwylo ymhleth. Roedd hi'n edrych yn welw iawn. Ceisiodd hi wenu ar Andrew. Roedd plismones ifanc yn eistedd wrth ei hochr. Roedd hi wedi tawelu llawer ers iddi hi ffonio.

'Mae'r ambiwlans yn barod i fynd, Mrs Vaughan,' meddai'r plismon yn dawel.

Symudodd Lia'i phen yn araf. Roedd hi'n syllu'n syth o'i blaen ac roedd ei hwyneb fel masg. Trodd y plismon at Andrew.

'Post mortem,' meddai fo.

'Wrth gwrs.'

'Mrs Vaughan? Oes 'na rywun dach chi eisiau i ni ffonio? I fod yn gwmni i chi? Dydi o ddim yn syniad da i chi fod ar eich pen eich hun.'

---

lleddfu	to ease	*poer (eg)*	spittle, saliva
llofruddiaeth (eb)	murder	*ymhleth*	entwined
rhwystr (eg)	obstruction	*gwelw*	pale
peipen wynt (eb)	wind pipe		

'Arhosa i,' meddai Andrew'n gyflym. Roedd o'n teimlo'n ddiogel rŵan tu mewn i'w goler gron ac erbyn hyn, wedi iddo fo gael y stori'n llawn, roedd ei banig wedi diflannu.

'Dach chi'n siŵr, Mr Pearce?'

'Ydw, yn berffaith siŵr. Y peth lleia y medra i ei wneud. Helpa i Mrs Vaughan i drefnu pethau . . . rhoi gwybod i bobl . . .'

'Mrs Vaughan?'

'Ie. Diolch.' Roedd ei llais yn fach ac yn bell, fel tasai'n dod o dwnnel.

Aeth Andrew â'r plismon a'r blismones at y drws. Roedd o'n ysu am gael Lia ar ei phen ei hun er mwyn cael gwybod beth ddigwyddodd. Pan ddychwelodd o i'r stafell fyw roedd hi wedi codi oddi ar y soffa ac yn sefyll yno'n ei wynebu. Roedd rhyw golwg od yn ei llygaid.

'Lia? Beth ddigwyddodd? Dwed wrtha i . . .'

'Clywaist ti'r plismon.'

'Wel, do, ond . . .'

'Dyna fo, 'te. Does dim mwy i'w ddweud.'

Estynnodd hi ei breichiau tuag ato fo. Roedd ei llais yn dawel ac yn fflat rŵan, ac eto, pan ddaeth o ati hi a'i chofleidio, roedd hi'n crynu yn ei freichiau fel cwningen wyllt.

'Cymer fi, Andrew.'

'Beth . . .?'

'Rŵan. Fan hyn!' Roedd y brys yn ei llais yn dechrau'i gynhyrfu a chlywodd Andrew rythmau ei

diflannu	to disappear	*cymer fi*	take me *(cymryd)*
twnnel (eg)	tunnel	*brys (eg)*	urgency
ysu	to long to	*cynhyrfu*	to stir, agitate

galon ei hun yn codi i'w wddw, yn tabyrddu yn ei glustiau. Roedd y tŷ mor dawel, mor dywyll ac oer . . .

'Lia . . . ddylen ni ddim . . . nid rŵan . . .' Ond dim ond geiriau oedden nhw.

Ildiodd Andrew iddi hi, ac i dywyllwch euog yr ystafell. Meddyliodd o am yr ambiwlans araf a chorff Meic yn oeri ynddi hi. Roedd rhywbeth macabr ac ofnadwy yn y wefr oedd yn cerdded ei gorff ac roedd brys y ferch yn ei freichiau yn ei feddiannu, gorff ac enaid.

---

tabyrddu	to drum, resound	*meddiannu*	to possess
ildio	to yield	*enaid (eg)*	soul

9

Pitran-patran . . . tap-tap-tap . . . tu allan. Buodd hi'n hoff
o'r glaw erioed. Hen gyfaill oedd y glaw, yn dod o hyd
pan nad oedd gynni hi neb arall. Pan nad oedd neb, dim
ond hi. Fel heddiw. Dim ond hi a'r glaw llwyd . . .

Roedd Annest Vaughan yn cyrraedd am un ar ddeg.
Ochneidiodd Lia. Fuodd ei mam-yng-nghyfraith erioed
yn hwyr yn cyrraedd unman. Ar y ffôn neithiwr roedd
hi, Annest, yn llawn dagrau hysteraidd tra oedd Lia'n
teimlo dim. Dim ond gwacter. Roedd hi'n rhy wag hyd
yn oed i deimlo rhyddhad. Rhyddhad ei bod wedi cael
gwared â'r bwli hunanol a fuodd yn ŵr iddi hi. Ond
beth am yr euogrwydd? Oedd hi'n rhy wag i deimlo
hwnnw – y swper angheuol 'na . . . y pwdin . . . y
gneuen . . . na, roiodd hi mo'r gneuen gyfan, gron yn y
pwdin i'w ladd o'n fwriadol, naddo? Llyncu. Tagu.
Distawrwydd. Llygaid Meic yr un siâp â'r gneuen ei
hun. Ond rŵan, roedd sŵn. Sŵn y glaw, sŵn ei chalon
ei hun yn tabyrddu ei heuogrwydd yn erbyn ei
hasennau, sŵn cloch drws y ffrynt . . .

Roedd Annest Vaughan yn sefyll ar stepen y drws a'i
gên yn uchel, yn heriol, yn hunanfeddiannol hyd yn oed
yn ei galar. Roedd hi eisoes yn ei dillad du. Côt law ddu
a sgarff ddu yn dynn dros ei gwallt. Roedd hi fel

---

pitran -patran	pitter-patter	*angheuol*	deathly
llwyd	grey	*yn fwriadol*	intentionally
gwacter (eg)	emptiness	*siâp (eg)*	shape
rhyddhad (eg)	liberation	*heriol*	challenging
cael gwared â	to get rid of	*hunanfeddiannol*	self-controlled

chwilen ddu a'r glaw'n disgleirio ar hyd ei hysgwyddau.

'Meical druan!'

Dyna'i geiriau cyntaf hi pan agorodd Lia'r drws. Wrth iddi hi ddweud y ddau air hynny roedd hi fel tasai hi wedi pwyso swits tu ôl i'w llygaid i ryddhau'r dagrau unwaith eto. Roedd arogl ei phersawr yn drwm ac yn ymosodol, wrth iddi hi gerdded heibio i Lia ac i mewn i'r tŷ. Roedd Lia'n gallu arogli tamprwydd y bore hefyd wrth iddo fo godi'n araf oddi ar ei dillad hi.

'Paned o de?'

Roedd hi'n haws gofyn cwestiynau nad oedd angen ateb iddyn nhw. Prysurodd Lia efo'r cwpanau, yn gwneud mwy o sŵn nag oedd angen, rhag ofn i lais ei mam-yng-nghyfraith chwyddo'n fwy na phopeth a llenwi'r lle.

'Dach chi wedi mynd yn denau iawn, Lia.' Roedd sylw Annest yn swnio fel cyhuddiad. Fel tasai hi'n sylwi arni hi am y tro cyntaf. Fel tasai Meic yno o hyd yn ei herio, meddyliodd Lia'n chwerw. Roedd y distawrwydd rhyngddyn nhw'n chwithig. Fel erioed. Roedd Lia'n teimlo llygaid Annest Vaughan yn ei mesur hi. Fel erioed. Ond rhywsut, rŵan, roedd hyder newydd Lia'n gwrthod ei gadael hi'n llwyr. Gwrthododd hi ildio'i llygaid i'w mam-yng-nghyfraith.

'Gobeithio bydd y tywydd yn well na hyn erbyn fory,' meddai Annest yn bigog. Roedd hi'n hawdd

---

chwilen (eb)	beetle	*tamprwydd (eg)*	dampness
disgleirio	to shine	*cyhuddiad (eg)*	accusation
pwyso swits	to press a switch	*mesur*	to measure
rhyddhau	to release	*yn llwyr*	completely
ymosodol	aggressive	*yn bigog*	irritably

rhoi'r bai ar y tywydd am bopeth. Beio'r glaw. Dechreuodd hi snwffian eto i'w hances. Meddyliodd Lia am yfory . . .

Roedd Annest Vaughan wedi bod yn crwydro drwy'r ystafell fyw yn llygadu popeth. Roedd hi rŵan yn sefyll o flaen y llun priodas – Meic â gwên fawr ar ei wyneb a Lia mewn ffrog hyll hen-ffasiwn. Roedd Lia'n teimlo'n sâl wrth edrych ar y llun. Dylai hi fod wedi ei dynnu i lawr fisoedd yn ôl. Fasai Meic ddim wedi sylwi. Fuodd gynno fo erioed ddiddordeb yn eu lluniau priodas. Eu lluniau cyntaf efo'i gilydd, ond hyd yn oed ar ddiwrnod eu priodas roedd eu gwenau'n rhy fawr i olygu dim.

'Mae'n llun da ohonoch chi'ch dau.'

Ond dim ond ar Meic roedd Annest yn edrych wrth gwrs. Ar ei hogyn bach a dyfodd yn ddyn er gwaethaf ei hymdrech hi i'w gadw iddi hi ei hun. Aeth o a'i gadael hi ar gyfer hon. Ar gyfer y ferch blaen, ddibersonoliaeth yma. Ddeallodd Annest erioed beth welodd ei mab yn Lia. Efallai na wnaeth hi erioed sylweddoli mai tawedogrwydd Lia oedd ei hapêl. Ei diniweidrwydd. Ei swildod. Y pethau hynny oedd yn ei gwneud hi'n wraig ufudd, hawdd i'w rheoli. Doedd hi ddim yn gwybod am yr ansicrwydd, yr anhapusrwydd. Wnaeth hi erioed gymryd yr amser i edrych ar Lia'n iawn, heb sôn am wrando arni hi. Wedi'r cyfan, beth fasai gan rywun fel Lia i'w ddweud? Roedd hi'n dal i drin ei merch-yng-nghyfraith yn yr un ffordd. Hyd yn oed rŵan. Ond Lia

beio	to blame	*tawedogrwydd (eg)*	taciturnity, reticence
crwydro	to wander		
llygadu	to eye	*diniweidrwydd (eg)*	innocence
golygu	to mean	*ansicrwydd (eg)*	uncertainty
dibersonoliaeth	lacking in personality	*trin*	to treat

newydd oedd hon. Roedd hi wedi trechu Meic. O'r diwedd. Roedd hi'n gallu trechu'r hen sarff yma hefyd!

'Doedd eich mab ddim yn angel o bell ffordd, dach chi gwybod, Annest.'

Roedd hi fel tasai'r geiriau wedi rhewi Annest Vaughan. Roedden nhw mor annisgwyl, mor dawel ac eto mor bendant. Gwnaeth hi ymdrech i siarad yn gall wrth droi i wynebu Lia. Dwedodd hi'n araf, fel tasai hi'n siarad â phlentyn bach:

'Wel, nag oedd, dw i'n siŵr. P'un ohonon ni sy'n berffaith?'

'Nid eich mab chi– yn bendant!'

Roedd ateb sydyn Lia'n fwy o sioc i Annest na tasai hi wedi'i bwrw ar draws ei hwyneb. Ond doedd Lia ddim wedi gorffen:

'Hen gythraul oedd o, Annest! Ie, eich mab annwyl chi! Hen gythraul creulon, brwnt ei dafod. Roedd o'n hunanol, ac yn ddideimlad. A dweud y gwir, roedd o'n debyg iawn i'w fam! Fydd gen i ddim hiraeth ar ei ôl o. Dach chi'n deall? Dim. Dw i'n falch fy mod i'n cael ei gladdu o fory ac na fydd rhaid i mi weld ei wyneb o na chlywed ei lais o byth eto . . .!'

Roedd hi'n mynd yn rhy bell. Roedd hi'n gwybod hynny ond doedd hi ddim yn gallu stopio. Meddyliodd hi am yr holl flynyddyddoedd anhapus efo Meic. Gwelodd hi ei gŵr yn wyneb ei fam – y llygaid bach caled, y trwyn hir, yr ên benderfynol. Cyn iddi hi sylweddoli'n iawn beth oedd hi'n ei wneud, gafaelodd hi yn y llun priodas a'i daflu i ochr arall yr ystafell.

trechu	to conquer	*pendant*	definite
sarff (eb)	serpent	*cythraul (eg)*	devil
annisgwyl	unexpected	*brwnt ei dafod*	foul-mouthed

Disgynnodd y gwydr o'r ffrâm a chwalu fel conffeti. Roedd wyneb Annest yn ddi-liw, yn llwyd fel y darnau gwydr ar y llawr. Sylwodd Lia nad oedd hi'n ddim byd ond gwraig ganol-oed, unig, bathetig heb ddim byd ond ei thafod sbeitlyd. Ond roedd hyd yn oed ei llais wedi ei gadael rŵan. Roedd hi mewn sioc, yn ddiamddiffyn. Roedd hi'n eistedd ar ymyl y soffa yn llonydd yn ei dillad du, fel hen frân denau a'i hadenydd yn rhy drwm.

---

gwydr (eg)	glass
chwalu	to scatter
di-liw	colourless

diamddiffyn	undefended, unprotected
brân (eb)	crow
adenydd (ll)	wings

10

'Roedd ei llygaid hi mor oer . . .' meddai Lia, bron fel tasai hi'n siarad â hi ei hun, ac roedd ias yn cerdded i lawr asgwrn ei chefn. Roedd mam Meic a'i llygaid llwyd yn dal i lenwi ei meddwl.

Ceisiodd Andrew ei thynnu hi'n agosach ato fo. Ond roedd Lia'n eistedd fel delw. Roedd rhywbeth pell a di-ildio yn ei hwyneb hi heno, rhyw olwg ddieithr a oedd yn gwneud i Andrew deimlo'n anesmwyth.

'Tyrd, cymera hwn. Rwyt ti wedi cael diwrnod ofnadwy.'

Estynnodd o'r gwydraid wisgi iddi hi. Roedd ei bysedd yn oer wrth i'w fysedd o eu cyffwrdd. Roedden nhw fel bysedd a fuodd yn gwneud dyn eira.

'Sut fedra i fod mewn galar, Andrew?' gofynnodd hi'n sydyn. 'Doeddwn i ddim yn ei garu o, nag oeddwn?'

Llyncodd hi'n araf, araf er mwyn i'r wisgi losgi cefn ei gwddw. Roedd Annest Vaughan erbyn hyn yn gwybod y gwir am berthynas ei mab a'i merch-yng-nghyfraith. Roedd Lia rŵan yn difaru'r sgwrs rhwng y ddwy ohonyn nhw ddoe.

Daeth y tacsi i nôl Annest yn syth ar ôl y cynhebrwng. Arhosodd hi ddim yn y tŷ eiliad yn fwy nag oedd eisiau.

'Fydd dim rhaid i chi fy ngweld i byth eto chwaith, Lia,' meddai hi'n swta gan droi am y drws.

---

di-ildio	unyielding	*cynhebrwng*	*angladd (egb) (DC)*
anesmwyth	uncomfortable	*(eg) (GC)*	funeral

Diolchodd Lia bod y tacsi'n brydlon. Er iddi hi deimlo'n chwerw roedd hi hefyd yn teimlo'n euog am frifo Annest. Ond pam dylai hi deimlo'n euog? Wedi'r cyfan, wnaeth Annest Vaughan ddim poeni erioed am frifo'i theimladau hi. Yfodd hi ragor o wisgi. Roedd y ddiod yn dechrau twymo'i thu mewn o'r diwedd ac yn dechrau dweud wrthi hi bod rhaid iddi hi roi'r gorau i boeni am deimladau pobl eraill drwy'r amser . . .

Llowciodd Andrew ei ddiod ei hun. Roedd o'n gwybod mai perthynas wag oedd y berthynas rhwng Meic a Lia ac felly doedd geiriau Lia ddim yn sioc iddo fo. Ond erbyn hyn roedd ei feddwl yn rhy flinedig i chwilio am atebion iddi hi. Buodd heddiw'n ddiwrnod ofnadwy iddo fo hefyd. Roedd ei berthynas â gwraig dyn roedd yn ei gladdu wedi troi'r cyfan yn ffars. Trwy'r gwasanaeth roedd Andrew yn medru teimlo'i goler gron yn ei dagu a chlywed ei eiriau'i hun yn ei wawdio.

Doedd Lia ddim wedi edrych arno fo unwaith yn ystod y gwasanaeth. Roedd Andrew'n gallu deall hynny. Doedd hi ddim eisiau i neb wybod eu cyfrinach. Roedd hynny'n naturiol. Ac wrth gwrs, roedd yn rhaid i Lia actio'i rhan. Actio'i thristwch. Ond roedd o wedi sylweddoli erbyn hyn nad act oedd y dagrau. Roedden nhw'n llifo'n dawel ac yn hawdd achos mai dagrau o euogrwydd oedden nhw.

'Dw i'n deall, Lia.'

Cododd hi ei hwyneb ac edrych i'w gyfeiriad. Roedd hi'n llwyddo i osgoi'i lygaid o o hyd.

'Deall beth?' Roedd sŵn fflat i'w llais hi.

---

prydlon	punctual	*ffars (eb)*	farce
rhoi'r gorau i	to give up	*gwawdio*	to mock

'Deall sut rwyt ti'n teimlo. Roedd heddiw mor ffug achos ein perthynas ni.'

'Beth wyt ti'n drio'i ddweud, Andrew? Wyt ti'n trio dweud fod gen ti gywilydd? Dy fod di'n difaru . . .?'

'Nac ydw. Dim o gwbl. Byth. Dim ond trio dweud oeddwn i . . .'

'Ie?' Roedd hi'n pwyso arno fo am ateb, yn ei wylio'n troi'r gwydryn gwag rhwng ei ddwylo.

'Trio dweud oeddwn i fy mod i'n euog hefyd. Yr un mor euog ag wyt ti.'

Roedd gwyn ei llygaid hi'n sgleinio'n rhyfedd yng ngolau'r lamp ar y bwrdd.

'Tybed?' meddai hi'n isel. Roedd ei gwydryn hi bellach yn wag hefyd. Daliodd hi ei phen yn ôl a gwagio'r rhew i'w cheg. Dim ond darn bach bach oedd ar ôl. Daliodd hi'r oerni'n llonydd ar ei thafod nes bod y cyfan wedi toddi'n ddim.

---

ffug   false   *oerni (eg)*   coldness

11

'Bydd y gwyliau yma'n gwneud lles i ti. I'r ddau ohonon ni.'

Roedd hi wedi poeni i ddechrau beth fasai pobl yn ei ddweud. Hi ac Andrew'n mynd i ffwrdd am wyliau efo'i gilydd mor fuan ar ôl iddi hi gladdu'i gŵr. Ond dwedodd Andrew wrthi hi na fasai dim rhaid i neb wybod. Wedi'r cyfan, roedden nhw wedi parhau â'u perthynas er gwaethaf popeth, ac wedi llwyddo i gadw'r berthynas honno'n gyfrinach o hyd.

Roedden nhw'n mynd i aros efo chwaer Andrew yn Sir Fôn, mewn bwthyn yn ymyl y môr. Basai digon o lonydd i'w gael yno. Llonydd i ymlacio, cerdded y traethau, sgwrsio . . .

Eisteddodd Lia'n ôl yn ei sedd a gadael i injan y car ei suo i ryw dawelwch braf rhwng cwsg ac effro. Roedd hi'n benderfynol o fwynhau'r gwyliau, tasai hynny'n ddim ond i blesio Andrew. Chwarae teg iddo fo, roedd o'n gwneud ei orau i drio codi'i chalon. Ac efallai bod Andrew'n iawn wedi'r cyfan. Basai dianc oddi wrth bawb a phopeth am dipyn yn lles, siŵr o fod.

Roedd newid yn y tywydd erbyn iddyn nhw gyrraedd Pont y Borth. Sylwodd Lia ar ynys fach yn y dŵr wrth iddyn nhw groesi'r bont. Ynys fach a thŷ arni hi. Dihangfa go iawn, meddyliodd hi. Dŵr o'ch cwmpas ym mhob man. Neb yn gallu mynd na dod heb ddweud

---

gwneud lles	to be of benefit	*ynys (eb)*	island
suo	to lull	*dihangfa (eb)*	escape

yn gyntaf. Roedd Afon Menai o danyn nhw fel neidr lonydd, dawel.

'Fyddwn ni ddim yn hir iawn eto. Rhyw hanner awr arall a byddwn ni yn y bwthyn,' meddai Andrew wrth deimlo'i blinder hi.

'Paid â phoeni. Dw i'n iawn.' Gwenodd Lia'n ôl arno fo. 'Ond bydd hi'n braf cael dod i ben y daith, cofia, a chael ymlacio dipyn.'

Estynnodd Andrew i wasgu'i llaw yn dyner ond doedd hi ddim yn gallu ymateb efo'r un brwdfrydedd. Ceisiodd hi osgoi'i lygaid o a rhoiodd o ei law yn ôl ar y llyw. Roedd y traffig yn drwm a buodd rhaid iddo fo ganolbwyntio ar y ffordd unwaith eto. Diolchodd Lia. Doedd hi ddim am frifo'i deimladau. Roedd o mor glên a chariadus tuag ati hi. Ond roedd o'n rhy annwyl weithiau. Roedd o'n ei thagu hi â'i gariad. Arni hi oedd y bai, meddyliodd hi. Doedd hi ddim wedi arfer â hyn – cael ei charu go iawn gan ddyn mor glên. Onid dyna freuddwyd pob merch? Beth oedd yn bod arni hi? Pam nad oedd hi'n gallu bod yn hapus o'r diwedd? Penderfynodd hi bod ei phen wedi blino gormod i ateb ei chwestiynau'i hun y funud honno a chaeodd hi ei llygaid.

Syrthiodd hi i gysgu. Pan agorodd ei llygaid roedd y car yn llonydd a'r injan yn dawel. Roedd ei chlustiau'n llawn o sŵn rhyfedd, rhyw sŵn rhythmig a oedd yn codi a disgyn, codi a disgyn bob yn ail.

'Y môr,' meddai Andrew, yn sydyn. 'Sŵn y môr ydi o.'

Rhwbiodd ei llygaid ac edrych allan. Ie, sŵn y môr.

o dan	underneath	*llyw (eg)*	steering wheel
neidr (eb)	snake	*onid*	is it not?
blinder (eg)	weariness	*bob yn ail*	in turn,
brwdfrydedd (eg)	enthusiasm		alternately

Roedd o fel tasai o'i chwmpas ym mhob man yn llenwi ei synhwyrau. Roedd hi'n gallu ei arogli fo rŵan, y gwymon a'r heli a'r tywod. Roedd hi eisiau ymestyn ei chorff, ei choesau, ei breichiau. Agorodd hi ddrws y car yn araf. Roedd hi'n ysu am fod yn rhydd, ond roedd hi'n teimlo'n nerfus ar yr un pryd, fel tasai hi ar drothwy rhyw fyd arall. Edrychodd hi o'i chwmpas.

'Ble mae'r bwthyn?'

Doedd dim adeilad i'w weld yn unlle. Doedd yna ddim ond y traeth a'r twyni, y clogwyni a chrio'r adar. A'r môr. Y môr aflonydd.

'Dydi o ddim yn bell o'r fan hyn.' Cydiodd Andrew ynddi hi. Roedd ei anadl yn boeth ar ei wyneb. 'Rhyw bum munud i fyny'r lôn. Roeddwn i'n meddwl y basai hi'n braf aros yma am dipyn . . . mwynhau'r olygfa . .'

Dy fwynhau di. Ond ddywedodd o mo hynny. Doedd dim rhaid iddo fo. Roedd ei ddwylo'n dweud y cyfan. Trodd Lia ato fo. Nid Meic oedd hwn. Ond er mai Andrew oedd ei chariad, roedd ei gwên yn chwithig wrth dderbyn ei gusanau. Doedd o ddim yn ei chyffroi fel yn y dyddiau cynnar. Aeth ias drwyddi hi a cheisiodd hi ymlacio. Ond roedd rhywbeth ar goll. Gwthiodd hi ei hamheuon i gefn ei meddwl. Wedi blino oedd hi. Pwysodd ei phen ar fynwes Andrew. Roedd hi'n gallu clywed sŵn ei galon yn curo. Roedd o'n gorwedd yn ôl rŵan a'i anadlu'n dawelach, yn rhythmig a chyson wrth iddo fo ymlacio – yn codi a disgyn, codi a disgyn fel sŵn y môr.

gwymon (eg)	seaweed	*clogwyni (ll)*	cliffs
heli (eg)	salt water	*aflonydd*	restless
ymestyn	to stretch	*golygfa (eb)*	view
trothwy (eg)	threshold	*cyffroi*	to excite
twyni (ll)	sand-dunes	*amheuon (ll)*	doubts

56

12

Roedd Carla Pearce yn ferch drawiadol. Roedd ei gwallt hir du wedi'i glymu'n ôl yn flêr mewn sleid ac yn hongian o'i chlust chwith roedd clustdlws arian. Doedd dim byd yn ei chlust dde, dim ond twll bach gwag.

'Dach chi'n hwyr! Be dach chi wedi bod yn ei wneud? Tua chwech ddwedaist ti, Andrew . . .'

Roedd hi'n chwerthin yn ddireidus ac yn amlwg yn tynnu coes. Doedd hi ddim yn rhoi'r argraff bod amser yn bwysig iawn iddi hi. Roedd ei llygaid tywyll yn fflachio wrth iddi hi barablu ac yn symud yn aflonydd yn ei phen hi.

'Lia wyt ti, felly.' Syllodd Carla arni hi am rai eiliadau. 'Dydi Andrew ddim wedi dweud llawer amdanat ti. Dim ond dy fod ti'n dlws. Roedd o'n dweud y gwir am hynny, beth bynnag!'

Roedd o'n ganmoliaeth annisgwyl a theimlodd Lia ei hun yn gwrido.

'Dw i'n cymryd fod gen ti goffi ar y gweill!'

Ymlaciodd pawb ar sylw Andrew a dechrau chwerthin, Lia braidd yn nerfus. Doedd dim modd anwybyddu aroglau cryf coffi ffres y Caribî yn llenwi'r lle.

'Wrth gwrs! Trwy'r dydd, bob dydd. Mae rhaid i'r peiriant coffi dalu am ei le yn y tŷ 'ma!'

---

clymu	to tie	*ar y gweill*	on the go,
tynnu coes	to joke		in progress
argraff (eb)	impression		

Roedd Lia'n gallu credu hynny'n hawdd. Efallai mai'r holl gaffîn oedd yn ei gwneud hi mor fywiog, meddyliodd hi. Dilynodd y ddau Carla i flerwch cartrefol yr ystafell fyw. Ystafell fach oedd hi, yn llawn bethau o wledydd pell. Roedd rhyw fath o dapestri o liwiau egsotig yn hongian ar un o'r waliau, ac ar gadair isel o flaen y lle tân roedd dwy gath fawr ddu'n cysgu. Roedden nhw wedi cordeddu am ei gilydd ac yn edrych fel un gath anferth a dwy gynffon gynni hi.

Roedd Carla'n hoffi ei choffi'n ddu ac yn gryf. Coffi'r Caribî. Mor ddu â'r cathod ar y gadair. Doedd Lia ddim yn gallu tynnu'i llygaid oddi arni hi, oddi ar y clustdlws hir a oedd yn dawnsio rhwng cudynnau'i gwallt hi, cudynnau pryfoclyd a oedd wedi dianc o'i sleid i fframio'r wyneb siâp calon. Roedd arogleuon eraill yn dod o'r gegin – oregano a garlleg a gwin coch. Sylweddolodd Lia'n sydyn bod chwant bwyd arni hi.

'Spaghetti bolognese,' meddai Carla, fel tasai hi'n darllen ei meddwl. 'Pryd digon hawdd, cofiwch, ond mae digon ohono fo.'

Roedd hynny'n ddisgrifiad eithaf da o Carla'i hun. Roedd popeth amdani'n ddiymdrech ac eto roedd hynny'n ddigon. Roedd hi'n llenwi'r ystafell â'i phersonoliaeth – roedd popeth yn yr ystafell yn ategu hynny, yn lliwgar a diddorol ac yn mynnu sylw. Hyd yn oed y cathod llonydd a'u cotiau hir lliw-coffi-du.

Aethon nhw i'r gegin i fwyta. Roedd y bwrdd mawr

caffîn (eg)	caffeine	*cudynnau (ll)*	locks of hair
bywiog	lively	*pryfoclyd*	provocative
blerwch (eg)	untidiness	*garlleg (eg)*	garlic
cordeddu	to entwine	*ategu*	to backup,
anferth	huge		support
cynffon (eb)	tail		

58

pren yn meddiannu canol y llawr ac arogleuon y perlysiau a'r garlleg yn gwneud i Lia feddwl ei bod hi'n eistedd mewn cegin tŷ fferm yng nghefn gwlad Provence.

'Mwy o win?'

Roedd Lia'n teimlo ei bod hi'n meddwi'n braf ar y gwin coch ac oherwydd hynny doedd hi ddim yn gallu gwrthod mwy ohono fo. Doedd hi ddim yn cofio llawer am weddill y noson. Roedd sgwrs y brawd a'r chwaer yn suo drosti hi – mwy o win, mwy o goffi, mwy o siarad. Roedd hi'n gallu cofio rhywun yn sôn am fynd i'r gwely ac Andrew'n gafael amdani hi'n feddiannol, yn hanner ei chario, hanner ei chusanu. Y grisiau cul, y gwely meddal, y cynfasau cotwm yn oer yn erbyn ei chorff. Corff Andrew'n drwm, yn brysur, yn un â hi. Ac wedyn dim. Caeodd ei llygaid ar y nos tu allan i'r ffenestri agored, ac ar y clustdlws arian a oedd yn cogio bod yn un o'r sêr.

---

perlysiau (ll)	herbs	*cogio (GC)*	*esgus (DC)*
yn feddiannol	possessively		to pretend
cul	narrow	*sêr (ll)*	stars

13

Roedd y gwely'n wag pan ddeffrodd Lia. Ymestynnodd ei choesau a cheisio cofio lle roedd hi. Doedd neb wedi cau'r llenni neithiwr a rŵan roedd yr haul yn llenwi'r ystafell cyn pryd, cyn i'w llygaid gyfarwyddo â'r bore melyn.

Mae'n rhaid bod Andrew wedi codi'n gynnar i fynd i redeg ar hyd y traeth. Neithiwr roedd hi wedi addo mynd efo fo ond rŵan diolchodd hi ei fod o wedi gadael llonydd iddi hi gysgu'n hwyr. Yn araf daeth ei llygaid yn gyfarwydd â'r ystafell wely unwaith eto. Roedd hi'n ystafell fach, ond yn llawn cymeriad efo'i nenfwd isel a'i waliau cerrig trwchus.

Rhoiodd Lia'i choesau dros ymyl y gwely a chyffwrdd y llawr coed â'i thraed noeth. Roedd hi'n gallu gweld ei llun yn y drych hen-ffasiwn ar y bwrdd gwisgo gyferbyn. Wyneb llwyd cysglyd a ffrâm o wallt melyn blêr. Doedd hi ddim yn siŵr pa mor hir y buodd hi yno, yn syllu arni hi ei hun, ac eto ddim yn syllu chwaith. Roedd holl ddigwyddiadau'r wythnosau anodd diwethaf wedi dechrau dod yn ôl i'w phoeni unwaith yn rhagor . . .

'Rwyt ti wedi deffro, felly?'

Daeth llais Carla o gyfeiriad y drws. Ac yna roedd hi yno yn yr ystafell. Yn ddiwahoddiad. Yn ddirybudd. Roedd ei llygaid a'i llais yn llenwi'r lle.

---

cyfarwyddo	to become familiar	*noeth*	bare
nenfwd (eg)	ceiling	*diwahoddiad*	without invitation
trwchus	thick	*dirybudd*	without warning

'Sori. Wnes i dy ddychryn di?'

Dechreuodd Lia wenu'i hateb arni hi ond roedd Carla'n eistedd efo hi ar y gwely. Roedd y cyfan mor annisgwyl – y cyfeillgarwch hwn, y ferch ddieithr a oedd yn sydyn mor agos ati hi.

'Mae gen ti wallt tlws, Lia.'

Rhywsut doedd ei sylwadau sydyn hi ddim yn synnu Lia. Doedd y ffaith fod Carla wedi cydio yn ei brwsh gwallt hi oddi ar y bwrdd gwisgo'n ddim syndod iddi hi chwaith. Trodd hi ei chefn yn araf ar Carla. Doedd neb wedi brwsio'i gwallt hi er pan oedd hi'n ddeg oed. Ei mam oedd yr olaf . . . Brathodd Lia'i gwefus yn galed. Roedd sŵn yr adar tu allan yn ormod iddi hi.

'Sefais i yno. Sefais i yno a'i wylio fo'n tagu . . . Yn marw! A wnes i ddim byd, dim ond aros . . . 'Roedd hi'n cael dweud y cyfan a rŵan doedd dim ofn arni hi. Roedd hi am gael gwared â'i heuogrwydd. 'Helpa fi, Carla. Dw i ar goll . . . '

Roedd breichiau Carla'n gadarn amdani hi, yn amddiffynnol fel rhai Andrew. Amddiffynnol ond nid meddiannol. Roedd Lia'n teimlo y basai hi'n hawdd dianc, torri'n rhydd fel tasai hi'n torri cadwyn o flodau. Ond doedd hi ddim eisiau dianc. Roedd dewis gynni hi. Am y tro cyntaf yn ei bywyd roedd dewis go iawn gynni hi . . .

Roedd o'n deimlad rhyfedd, y ffordd yr oedd eu gwalltiau hir nhw'n cyffwrdd, yn clymu am ei gilydd. Fel hyn mae cathod Carla'n teimlo, meddyliodd Lia'n

---

dychryn	to frighten	*amddiffynnol*	protective
brathu	to bite	*cadwyn (eb)*	chain
cadarn	firmly		

sydyn. Gwallt ar wallt . . . cnawd wrth gnawd . . . croen ar groen . . .

'Hei, oes 'na rywun yn fyw yn y tŷ 'ma?' gwaeddodd Andrew'n sydyn o waelod y grisiau.

'Dan ni i fyny fan hyn!' Roedd llais Carla'n swnio'n rhyfedd. 'Yn siarad . . . yn rhoi'r byd yn ei le . . . Dos i wneud coffi ffres, dyna frawd bach da!' Trodd hi at Lia. 'Gwell i mi fynd i lawr . . .'

Ac roedd hi wedi diflannu mor gyflym ag y daeth hi. Mor sydyn fel nad oedd Lia'n gallu credu bron ei bod hi wedi bod yno o gwbl. Ond buodd hi yno. Roedd aroglau ei phersawr yn aros wedi iddi hi fynd – aroglau rhosynnau a fanila. Roedd hi fel tasai ysbryd wedi bod yn yr ystafell ac wedi'i chofleidio cyn taflu'i brwsh gwallt hi'n flêr i ganol y gwely.

---

cnawd (eg)	flesh	*rhosynnau (ll)*	roses
croen (eg)	skin	*cofleidio*	to embrace
dos (GC)	*cer (DC)*, go		

14

Roedd Andrew'n sefyll a'i gefn ati hi ar y traeth cul. Roedd y môr yn edrych yn bell i ffwrdd heddiw. Nid fel hyn roedd Lia wedi bwriadu i bethau fod. Nid dyma'r diweddglo roedd hi wedi ei ddychmygu. Diweddglo. Roedd meddwl am y gair yn gyrru ias drwyddi hi. Rai dyddiau'n ôl, ei dyfodol hi ac Andrew oedd yn bwysig – ond rŵan roedd y cyfan yn dod i ben. Ac arni hi oedd y bai am hynny. Roedd hi'n mynd i ddweud wrtho fo. Rŵan. Yn mynd i dorri ei galon. Rŵan. Y funud hon. Andrew druan, annwyl . . .

'Dw i ddim eisiau dod yn ôl efo ti, Andrew.'

Atebodd o ddim am dipyn. Tybiodd Lia nad oedd o wedi ei chlywed. Efallai doedd o ddim wedi deall yn iawn. Agorodd hi ei cheg eto, yn barod i geisio esbonio ond trodd Andrew a'i hwynebu. Doedd dim syndod ar ei wyneb chwaith, dim ond rhyw dristwch llwyd.

'Rwyt ti o ddifri, yn dwyt, Lia?'

'Ydw', sibrydodd hi.

'Wyt, siŵr iawn. Faset ti byth yn cellwair am rywbeth fel hyn . . .'

Diflannodd ei lais i rywle pell, fel tasai wedi'i daflu i'r tonnau.

'Mae'n ddrwg gen i, Andrew . . .'

Edrychodd o'n sydyn arni hi, yn syn, fel tasai hi wedi rhegi.

---

diweddglo (eg)	conclusion	*cellwair*	to jest
dychmygu	to imagine	*tonnau (ll)*	waves
o ddifri	in earnest	*rhegi*	to swear

'Paid ag ymddiheuro fel 'na, Lia! Fel taset ti wedi sefyll ar fy nhroed i neu wedi arllwys diod drosto i! Paid â dweud "sori" fel tasai hynny'n mynd i wneud popeth yn iawn . . .'

Gostyngodd Lia'i llygaid. Roedd gynno fo hawl i fod fel hyn. 'Andrew, mae'n rhaid i ti fy nghredu i . . . doeddwn i ddim am dy frifo di fel hyn . . .'

'Dw i'n dy gredu di, Lia.' Roedd ei lais o'n fflat, yn undonog. 'A dweud y gwir, dydi hyn ddim yn annisgwyl.'

'Be . . . Be wyt ti'n feddwl . . .?'

'Mae'r arwyddion wedi bod yna ers tipyn, yn tydyn, Lia? Dw i wedi bod yn rhy ddall – na, yn rhy lwfr i sylwi arnyn nhw. Dydi pethau ddim wedi bod yr un fath, nac ydyn . . .?'

Roedd o'n siarad mor dawel. Dylai fo fod yn codi'i lais, yn gwylltio, yn gweld bai. Ond nid un felly oedd o. Nid Meic oedd o. Yn sydyn teimlodd Lia'r dagrau poeth yn codi tu ôl i'w llygaid. Roedd Andrew mor annwyl a charedig ac roedd hi'n meddwl y byd ohono fo, ond doedd hynny ddim yn ddigon bellach.

'Mae pethau wedi mynd yn unochrog, Lia. Dw i wedi bod yn teimlo hyn ers tipyn . . .'

Gwridodd Lia. Roedd hi fel tasai Andrew wedi darllen ei meddwl. Roedd hi'n dechrau'i chasáu ei hun. Andrew druan, roedd o hyd yn oed yn ceisio gwneud hyn yn hawdd iddi hi!

'Dw i ddim yn dy haeddu di, Andrew.'

Ceisiodd Andrew wenu.

---

arllwys	to pour	*dall*	blind
gostwng (gostyng-)	to lower	*llwfr*	cowardly
hawl (eb)	right		

'Dw i o ddifri, Andrew. Diolch i ti, dw i'n gallu wynebu bywyd unwaith eto, sefyll ar fy nhraed fy hun . . .' Roedd hi'n gwybod ei bod hi'n swnio'n hunanol ond roedd o'n wir. Ac fel pob gwir, roedd o'n brifo.

'A beth am Carla?' Doedd o ddim yn gwestiwn go iawn achos bod Andrew yn gwybod yr ateb. Rhywbeth i'w ddweud oedd o, i gadw'r sgwrs i fynd.

'Mae hi . . . mae hi'n fodlon – i mi aros ymlaen yn y bwthyn am dipyn – nes i mi benderfynu . . . nes i mi roi trefn ar bethau . . .'

'Does dim byd mwy i'w ddweud felly, nac oes?'

Roedd y cyfan yn swnio mor derfynol. Safodd Lia a'i wylio fo'n cerdded yn ôl at y car ac yn mynd i mewn iddo fo. Roedd hi'n rhy bell i glywed sŵn y drws yn cau, sŵn yr injan yn tanio. Roedd hi fel tasai hi'n gwylio darn o ffilm heb y sain. Symudodd y car yn ddi-sŵn a diflannu o gwmpas y gornel.

Roedd Carla'n aros amdani hi wrth ddrws y bwthyn. Estynnodd hi ei braich i Lia. Roedd ei llaw mor gynnes, mor gadarn, mor gyfarwydd. Arogleuon melys coed rhosynnau a fanila . . .

*   *   *

Doedd Andrew ddim wedi mynd yn bell iawn. Gadawodd y car wrth ochr y ffordd a cherdded. Roedd y glaswellt fel sbwng, glaswellt meddal fel matres gwely. Meddyliodd o am Lia. Wedyn ceisiodd o beidio. Roedd sŵn ei llais, llun ei hwyneb yn ei ben, yn brifo

terfynol	final	*melys*	sweet
tanio	to fire	*glaswellt (ll)*	grass
sain (eb)	sound	*sbwng (eg)*	sponge

gormod. Meddyliodd o am Carla. Carla'r hanner-chwaer efo'i llygaid sipsi a'i hyder a'i hud. Oedd, roedd hi'n un dda am hudo pobl a'u gorfodi i'w charu. Carla oedd popeth ar ôl i'w dad ailbriodi. Hi oedd y ffefryn. Hi oedd yr un dlws, yr un ddeallus. Roedd pawb bob amser yn gwrando arni hi ac yn ei chanmol. Hi oedd yr un roedd pawb ei heisiau.

Ceisiodd Andrew ei orau. Hyd yn oed pan oedd hi'n ei fwlio, yn chwerthin am ei ben ac yn cymryd ei deganau. Hwyl oedd hynny iddi hi. Dwyn pethau a'u cuddio dim ond er mwyn ei weld o'n crio. Wel, doedd hi ddim yn mynd i gael y pleser hwnnw rŵan. Roedd o wedi bod yn ffŵl. Dyna'i broblem o erioed. Ei wendid o oedd meddwl bod pobl yn gallu newid a bod y gallu ganddo fo i'w newid nhw. Roedd o hefyd wedi meddwl bod Carla'n fwy o chwaer erbyn hyn a'i fod o'n fwy o ddyn . . .

Cerddodd o'n agosach at ymyl y clogwyn. Roedd gweiddi'r adar yn ei wahodd i ymuno â nhw. Roedd yr haul ar wyneb y dŵr yn disgleirio'n groesawus arno fo ac yn gwneud iddo fo deimlo'n gartrefol. Roedd o eisiau gwenu. Felly gwenodd o. A gwenodd y dŵr mawr llwyd yn ôl.

---

sipsi (eg)	gipsy	*deallus*	intelligent
hud (eg)	magic	*teganau (ll)*	toys
gorfodi	to force	*dwyn (dyg-)*	to steal
ffefryn (eg)	favourite	*gwahodd*	to invite

NODIADAU

Mae'r rhifau mewn cromfachau (*brackets*) yn cyfeirio at *(refer to)* rif y tudalennau yn y llyfr.

1. Tafodiaith Ogleddol

• Mae cymeriadau'r nofel yn dod o Ogledd Cymru ac felly maen nhw'n defnyddio tafodiaith y Gogledd wrth siarad. Mae (GC) wrth gair yn dynodi (*denote*) bod y gair hwnnw'n air gogleddol. Mae (DC) yn ymyl geiriau o'r De.

    • Un o'r gwahaniaethau amlwg (*obvious differences*), yw mai'r gair Cymraeg am y Saesneg 'he' yw 'fo' yn y Gogledd a 'fe' yn y De.

• Gwelwch chi'r ffurfiau amser presennol isod yn y nofel:

ydi (ydy) dydi (dydy)

    'Sŵn y môr ydi o.' (55)

    (*'It's the sound of the sea.'*)

    'A dweud y gwir, dydi hyn ddim yn annisgwyl.' (64)

    (*'To tell the truth, this isn't unexpected.'*)

dach chi (dych chi)

    'Be dach chi wedi bod yn ei wneud?' (57)

    (*'What have you been doing?'*)

1. Gan

Yn yr iaith ffurfiol yn y Gogledd, yr arddodiad 'gan' sy'n dynodi meddiant *(denotes possession)*:

Iaith y De	**Iaith y Gogledd**
Mae car 'da fi	Mae gen i gar

Y ffurfiau sy'n cael eu defnyddio yn y nofel hon yw:

gen i   gynnon ni
gen ti   gynnoch chi
gynno fo   gynnyn nhw
gynni hi

'Mae persawr neis gen ti, Lia.' (24)
(*'You've got nice perfume, Lia.'*)

Yn y llaw arall roedd gynno fo botel o win coch. (32)
(*In the other hand he had a bottle of red wine.*)

Roedd dewis gynni hi. (61)
(*She had a choice.*)

Ond doedd gynni hi ddim dillad mawr, diogel ar ôl. (33)
(*But she didn't have any big, safe clothes left.*)

Gall 'gan' hefyd golygu *(mean)* 'from':

Cafodd hi sylw arbennig gan y ferch yn y siop ddillad isaf. (28)
(*She had special attention from the girl in the lingerie shop.*)

2. Meddai *said*

Mae 'meddai' yn cael ei ddefnyddio ar ôl geiriau sy'n cael eu dyfynnu (*quoted*):

'Dw i wedi dod â'r pamffledi,' meddai fo. (32)
(*'I've brought the pamphlets,'* he said.)

'Grêt,' meddai Lia, tipyn yn rhy frwdfrydig. (32)
(*'Great,' said Lia, somewhat too enthusiastically.*)

3. Amodol *(conditional)*

Mae gan y berfenw 'bod' lawer o wahanol ffurfiau yn yr amodol.
Dyma ffurfiau'r nofel hon:

Baswn i (*I would be*)	Basen ni
Baset ti	Basech chi
Basai fe/hi	Basen nhw

'Roeddwn i'n meddwl y baset ti'n hoffi dod draw â nhw
fory.' (30)

(*'I thought that you would like to bring them over
tomorrow.'*)

Yn ôl y label ar y botel basai'n cymryd rhai oriau i'r lliw gael
effaith. (27)

(*According to the label on the bottle it would take some hours
for the colour to have an effect.*)

'Basen ni'n cael cyfle i drafod . . .' (30)

(*'We would have a chance to discuss . . .'*)

Taswn i (*If I were*)	Tasen ni
Taset ti	Tasech chi
Tasai fe/hi	Tasen nhw

Roedd hi fel tasai fo'n edrych ar wraig rhywun arall. (34)

(*It was as if he was looking at someone else's wife.*)

Roedd hi fel tasai hi'n gwylio darn o ffilm heb y sain. (65)

(*It was as if she was watching part of a film without the
sound.*)

. . . tasen nhw'n caniatáu hynny. (41)

(*. . . if they would allow that.*)

nofelau cyfoes
a chyffrous i ddysgwyr

NOFELAU
NAWR

£3.50
yr un